길을 걷다, 인생을 걷다

길을 걷다, 인생을 걷다

초판1쇄   2023년 10월 25일

지은이   김순자
펴낸이   박순자
발행처   도서출판 언약
주소   경기도 수원시 영통구 중부대로 271번길 27-9, 102동 1303호
전화   070-7851-9725
전자우편   kidoeusaram@naver.com
등록   제374-2014-00000016호

이 도서의 국립중앙도서관 출판시도서목록(CIP)은 서지정보유통지원시스템 홈페이지
(http://seoji.nl.go.kr)와 국가자료공동목록시스템(http://www.nl.go.kr/kolisnet)에
서 이용하실 수 있습니다.

ISBN 979-11892777-22-2 03810
값은 뒤표지에 있습니다.

길을 걷다, 인생을 걷다

김순자

ㄱㅣㅇㅓㄷㅏ
　ㄹㅡ　ㄷ
　　ㄹ
ㅇㅣㅅㅐㅇㅓㄷㅏ
　ㄴ　ㅇㅡ　ㄷ
　　　ㄹ

/

285 ● 2020년대 수필隨筆

ㄱ ㅣ ㅇ ㅓ ㄷ ㅏ

　ㄹ ㅡ 　ㄷ

　　ㄹ

ㅇ ㅣ ㅅ ㅐ ㅇ ㅓ ㄷ ㅏ

　ㄴ 　ㅇ ㅡ 　ㄷ

　　ㄹ

추천의 글

/

이 시집詩集은 고故 김기중 목사(박사)님의 사모님께서 출간하신 시집이다. 고 김기중 박사님은 필자와 총회 신학대학원 대학교 65회1971년도 졸업 동창이시다. 고 김 박사님은 지금도 필자가 잊을 수 없는 분으로 존경하는 목회자이시고 행정가이셨으며 학자이셨다.

이 시집을 출간하신 사모님은 여러 가지 하나님께서 주신 달란트로 똘똘 뭉치신 분이시다. 음악이면 음악, 화가의 기질이면 화가의 기질로, 시詩라면 시인의 기질로 똘똘 뭉치신 분이시다. 이런 재능은 그의 자녀들에게도 고스란히 전달되었다. 위로 두 따님들은 목회자의 사모가 되었고, 셋째 따님은 서울대 음대를 거쳐 이탈리아에서 성악을 전공하신 훌륭한 음악가이시다. 그리고 네 번째 아드님은 컴퓨터 공학박사가 되었다. 이처럼 사모님의 여러 가지 재능은 막을 수 없는 힘으로 그 자손들에게 큰 영향을 끼쳤다. 금번에 김순자 사모님께서 출간하신 시집은 시어詩語를 적절히 따라 쓰셨고, 또한 운율도 시어의 운율을 따라 쓰셔서 읽는 이에게 기쁨을 던져준다. 게다가 그의 글에는 하나님이 물씬 배어나온다. 그의 글을 읽는 사람들에게 하나님을 생각하게 하고 하나님을 바라보게 한다. 강력 추천한다.

김수홍 (미국 필라델피아 삼일장로교회 원로목사, 철학박사)

글머리에

/

망설였습니다. 수없이 생각하고 또 생각했습니다.

내가 쓰는 이 글이 과연 주님의 영광을 위한 일이 될까? 행여 한 조각이라도 나를 나타내는 것, 나를 자랑하는 것이 된다면 아무 소용없는 것이 된다. 그러나 나는 정말 주님 영광을 위하여 살고 싶었습니다. 일평생 부족한 것밖에 없었고 해도 해도 모자라는 것밖에 없었는데 그나마도 이제는 그것조차 잊어버리고 생각해낼 수 없는 안타까움 속에 사는 이 늙은 나이….

핑계하지 말자고 자신에게 수없이 다짐하면서도 이 한 가지 주님 영광을 위해 살고 싶다는 이 절규를 내 속에서 떼어 낼 수가 없었습니다. 그래서 돌을 맞을 각오를 하자 비웃음을 받든지 욕을 먹든지 그것이 나와 무슨 상관이 있을까? 이미 나의 삶 막바지의 삶이고 오직 주님의 영광만이 나의 관심사인데…. 일평생 동안 내가 과연 무엇을 하고 살아왔던고?

젊은 시절 나는 정말 공명심이 많았습니다. 어떤 목표를 가지면 "기어코 해내어 남에게 인정받고 칭찬받자. 그렇게 하면 지극히 조그마한 것이라도 인류에게 도움이 되리라." 어리석은 자만심….

과연 얼마나 많은 인류에게 도움이 되는 삶을 살았을까? 지금 생각하면 얼마나 부끄러운 일이었는지? 나는 사도 바울이 "자기의 모든 것을 배설물로 여기고 주님을 아는 지식이 가장 고상하다는"그 고백이 갈수록 갈수록 마음에 깊은 공감을 갖게 됩니다. 하지만, 사도 바울은 그렇게 위대한 사람이고 나 같은 것이 무엇이라고? 하는 자책감을 갖지 않는 것도 아니었습니다.

그러나 한편으로는 하나님께로부터 지음을 받은 인생은 누구나 똑같이 주님의 영광, 하나님의 크신 은혜를 깨닫고 그를 위해 살고자 하는 마음은 만 인간에게 평등하게 주어진 참된 의무이며 권리이다고 생각해 봅니다. 이것은 바로 인생이 가져야 할 참된 '사명감'이라고 생각합니다.

그래서 "먹든지 마시든지 무엇을 하든지 다 하나님의 영광을 위하여 하라"는 그 말씀이 얼마나 실감이 나는지? 나는 마음으로부터 박수를 쳤습니다. 바로 이것이다. 이것만을 철저히 지키고 살면 아무 미련도 부끄러움도 없이 주님 앞에 갈 수 있겠지…?

이것을 위하여 나는 이 글을 씁니다.

스스로 부끄럽지 않게 살려고, 최선을 위하여 살아 보려고, 주께서 인도하심을 따라 한자 한자 쓰려고 합니다.

정말 보잘것없는 글이지만 추천서를 써주신, 존경하는 주석가이신 김수홍 목사님과 책의 편집을 위하여 이모저모 애써주신 신현학 장로님께 진심으로 감사드리며, 또 원고를 정리 해

주느라 고생 많이 한 우리 아들 김종훈 장로와 언제나 격려를 아끼지 않던 며느리와 딸들에게도 감사를 표합니다. 마지막으로 이 책을 읽는 독자님들의 마음속에 한 조각의 감동이라도 드릴 수만 있다면 가슴 깊은 보람을 느끼며 오직 하나님께만 감사와 영광을 돌려드리겠습니다.

2023년 가을
천운天運 김순자 드림

1960년대 시詩

기다림 1

너의 발자취는
빗소리처럼 가늘기만 하더라
그러나 비같이 다정한 마음이면
땅에 오기라도 했으련만
너는 애타게 기다려도 종래 오지 않더라

어스름 달빛에
그늘진 가로수의 긴 그림자도
나는 너의 그림자인 양 놀라기만 했다

숨막히듯
고요한 적막이 눌려진 거리에서
자박자박 들려오는 나의 발자국 소리로
나는 너의 발자국 소린가 싶어
몇 번이나 뒤를 돌아다 보았다

가늘은 바람이 불어올 때
부드러운 음성이 들린 것 같아
이젠 정말 너라고 발 멈추어 한동안이나 기다렸다

그러나
안타까운 기다림 너는 내 맘을 태운 채 종래 오지 않더라
몇 번이나 되돌아서 오던 길을 가보았으나
너는 끝내 오지 않더라

슬픔과 분노가 뒤섞인 내 발걸음은 힘차게 돌아섰다
나의 길을 가려고 힘차게 돌아섰다

그러나
저만큼 몇 자취 옮겨 놓은 내 걸음은 또 힘을 잃었다.
혹시 너가 숨 가빠 쫓아올지 모른다고…

다시 한번 더
나는 오던 길로 되돌아섰다.
기다림
내가 다시 내 길로 돌아올 때까지 너는 영영 오지 않았다.

나는 분노보다 차라리 슬퍼진 맘을 억누르고
나의 문 앞까지 왔다

그러나 문을 열지 않았다
어쩌면 너가 올지 모른다고.
그리고 미소 보내 사과할 것이라고…

분명 너는 올 것이라고
나는 맘에 기쁨이 생겼다
그리고 저리 금방 오는 것 같아 가슴 콩닥 이며 기다렸다
부드러운 바람이 더더욱 정다워진 것 같아
나는 웃음 띄우며 너를 믿고 기다렸다
기다림, 미워진 기다림아
그러나 그리운 기다림아

내가 나의 문을 닫고 혹시 하고 귀 기울여도
너는 끝내 오지 않더라. 너의 발자취 소리 영영 들리지 않더라
너는 언제까지
내게 미우면서도 그리운 기다림이다

기다림 2

아침에 화장을 했습니다
햇살이 창 앞에 빛날 때
오늘도 귀여운 손님이 찾아올 것이라고…

낮에 다시 화장을 고쳤습니다.
해가 중천에 떴으니
이젠 정말 가까이 오고 있을 거라고

황혼이 마지막 한 날을 붉게 장식할 때
괜한 흥겨움에 콧노래를 불렀습니다.
귀여운 사람은 아마 봄의 황혼을 이야기하기를
즐겁게 생각할 거라고

그러나 이젠
황혼도 가고
온 하루를 기다림에 지쳐
옷매무새도, 얼굴 화장도, 더러워졌습니다

이젠 그만 잊어버릴까 보다
그랬지만
밤은 내게 기다림을 꺾게 하진 못했습니다
달빛은 창가에서
어두운 가슴에 작은 낮을 보내어 주었습니다
기다림의 불꽃은 너무도 진하여
차가운 작은 낮에도 결코 꺼져 버리진 않았습니다

그래서 아직도 내 가슴은
방안 가득히 수놓은 온갖 것들과 더불어
기다림에 부푼 숨결을 뿜어내고 있는 것입니다

열애

나는 차라리 새라도 되었으면
두 날개 펄럭이며 너의 창가로
아르르 피어나는 고운 생활 엿보러
사뿐히 소리 없이 날아가련만…

아니면 한 송이 꽃으로라도
너의 병에 꽂히는 꽃이 되었으면
노랑나비 흰나비 불러 모으고
꽃향기 꿀 내음 담뿍 모아서
너의 방 안 가득히 부어주련만…

나는 한 줌의 흙이 되어
네가 선발 아래 놓이고 싶다
굳세고 용감한 너의 힘에
억눌리고 다지어진 흙 되어
굳고 단단한 땅 되고프다

어머님의 얼굴

어느 봄볕이 다정하던 날에
분홍빛 웃음으로 환하게 다가오던
어머님의 젊은 얼굴
아! 보고파라 보고파라

어쩌면 저리도 주름 잡힌 이마에
그 싱싱했던 젊음이 사라졌구나

주름살 고비고비 마다
아! 위대한 희생이여 자비의 모성애여
반백의 머리카락 바람에 나부낄 때마다
고난의 향훈이 퍼져 오누나

밤과 낮 헤아림 없이
알뜰히도 쌓아온 고생의 미덕이
구릿빛 검은 얼굴에 애닯게도 서렸구나

부디 더 이상은 늙지 마오 여위지도 마오
아프거나 죽지는 더더욱 마오
오늘 이 몸은 영원히
그 사랑스런 가슴에서 살으오리다

염원

페스탈로치처럼 못난 사람이라도 무방하다
위대한 인물이 될 수 있는 사람이면…
칭찬은 하나님께로부터 받아야 하는 것

인간의 비위를 맞추려고 잔머리를 굴리는
비겁한 인간은 내가 가장 싫어하는 것이다

진실하고 정직한 것처럼
용감하고 굳굳한 것처럼
자애롭고 인자한 것처럼
내 마음을 흡족케 하는 것은 없다

내가 나를 남처럼 볼 수만 있다면
나의 값은 얼마큼 될까?

조잡한 인간들의 도매시장에
나를 내어놓고 흥정 받기는 싫다
좁고도 경박한 인간의 생각을 상대로
나의 값을 흥정 받기는 죽어도 싫다
아무도 날 보지 않아도 좋다
아무도 날 생각지 않아도 좋다

사랑과 평화가 있는 곳
온유와 겸손이 깃든 곳이면
비록 나를 붙잡아줄 다정한 손길이 없을지라도
나는 그곳에다 나의 방석을 깔리라
나를 영원으로 인도해줄 나의 보금자리를 만들리라

내 마음의 반쯤

[1960년대 작품]

내 마음의 반쯤 차지할 이여!
내 영혼의 반쯤 소유할 이여!
내 생각의 반쯤마저 가져가 주오

나의 꿈이 얽힌 사색의 풍선을 띄워
당신의 마음 창가에 보내고 싶다
그래서 우리 공상이나마 같은 세상에 살고 싶다

당신의 창문을 열고 나의 풍선을 잡아주오
그리고
당신의 풍선과 함께 얽어매어 푸른 창공에 날려주오

우리의 생각들이 푸른 창공을 지나
하늘의 문을 열고 그곳의 영화를 이야기하며
영원히 그곳에서 머물게 하고 싶다

4월이 창을 두드릴 때

정아!
4월이 창 앞에서 노크를 한다.
어서 문을 열고 저 푸른 하늘을 처다봐라.
연둣빛 색깔을 보기만 해도 가슴이 설레지 않느냐?

개나리가 노란 얼굴을 드러낸 것 보면
이젠 정말 빼앗길 수 없는 봄이 왔는가 보다
이 한 줄기 봄볕을 얻으려고 우리는 얼마나 기다리며
애타 해 왔더냐

이젠 조였던 가슴을 펴고
푸른 창공과 정다운 햇볕을 마시기로 하자
그래서 우리의 가슴 속에 봄이 익걸랑
오랜 동면 속에서 얼고 메말랐던 작은 씨알을 움트게 하자

태양이 중천에 이르면
타오르는 열광 정다운 빛발 속에다 이 새싹을 옮겨
꿈으로 간직되었던 염원을 피우기로 하자

행여 낙조될 서글픈 운명이 내일 우리에게 온다손 쳐도
내일 일로 오늘을
서럽게는 말기로 하자

기쁨은 참으로
작은 것에서 얻으지는 것이니…
봄이 오는 창 앞에서
이같이 부푼 이상을 안고
푸른 창공을 마실 수 있는 것으로도
얼마나 즐겁고 복되지 않느냐?

오늘
4월이 창 앞에서 노크를 하는데
아직도 꿈에서 헤매이는 어두운 자세랑은 말기로 하고
부푼 설계 넘치는 정열로 푸른 창공을 마시기로 하자
피어오르는 봄의 찬란한 이상을 마시기로 하자

길을 걷다, 인생을 걷다

/

1960년대 시詩

1980년대 산문散文

2002년대 시詩

2008년대 수필隨筆

2008년대 시詩

2020년대 시詩

2020년대 수필隨筆

순이 이야기

중학교 1학년짜리 순이는 정말 천진난만한 아이였습니다.

말이 중학교 1학년이지 7살에 학교에 들어가서 공부 잘한다고 선생님들에게 귀여움을 받고 집에서도 7남매 중에 넷째 딸 이어서 농사짓고 과수원 하는 부모님을 도울 필요도 없었고 부엌일도 할 필요가 없었습니다.

언니가 셋이나 되니까 언니들이 엄마를 도와서 부엌일을 하고 순이는 날마다 공부만 하면 되고 책 읽고 말괄량이처럼 동네 아이들과 뛰어놀았습니다.

동네에서나 학교에서나 자기보다 더 나이 많은 아이들 중에서도 언제나 대장 노릇을 했습니다. 그렇게 예쁘게도 귀엽게도 생기지 못했지만 그런 것은 아랑곳없고 언제나 기쁨과 즐거움만이 가득 찼습니다.

그렇게 시골에서 육학년까지 마치고 도시에 있는 큰 여자 중학교에 시험을 쳐서 합격하여 예쁜 교복을 입고 다니게 되었습니다.

1950년도 그때만 해도 시험을 쳐서 중학교에 들어갔으니까 순이는 일류 중학교에 합격했다고 주위의 사람들이 신동이라고 칭찬이자자 했습니다. 자그마한 시골 초등학교에서 도회지의 한 학년에 8학급이나 있는 큰 학교에 왔으니 처음엔 얼떨떨했습니다. 깔끔하고 예쁜 아이들이 삼삼오오 모여서 재잘거리며 웃는 아이들 틈에서 자기 모습은 초라해 보였고 친구들도 없었습니다.

게다가 선생님들도 예쁜 친구들에게만 관심을 많이 가져 주셨고 순이처럼 초라한 아이에게는 시선도 제대로 주시지 않았습니다. 순이의 마음은 밝고 찬란했던 시절에서 어두운 시절로 들어서고 있었습니다.

그러던 어느 날이었습니다. 갑자기 담임 선생님이신 할머니 선생님이 이런 말씀을 했습니다. "너희들 중에 혹시 과수원하고 있는 집은 없니?" 순이는 귀가 번쩍 띄었습니다. "예 선생님 우리 집이 과수원을 해요", "그래 실은 말이야 서울에서 우리 아들이 혼자서 고생하며 공부를 하고 있는데 사과를 좀 보내어 주고 싶어서 말이야…."

선생님은 평소에 시선 한번 제대로 주지 않았던 순이가 자기 집이 과수원 한다는 소리를 듣고 순이를 바라보며 다정한 웃음까지 띤 얼굴로 이렇게 말했습니다. 순이는 미소를 띤 선생님의 얼굴을 바라보며 앞, 뒤 생각도 없이 "예! 선생님 제가 가지고 올게요" 하고 얼른 대답 했습니다.

사실 순이는 15km나 떨어진 곳에서 버스를 타고 통학을 하는 아이였습니다. 그 먼 곳에서 그 무거운 사과를 어떻게 가져올 것인가를 생각도 못 했습니다.

그날 저녁 순이는 집에 와서 아버지께 말씀드렸습니다. 아버지는 벌컥 화를 내셨습니다. 사과가 아까워서가 아니라 사과밭에서 버스 정류소까지가 10리길 버스를 타고 학교까지가 30리인데 어떻게 어린 것이 그 무거운 사과 한 궤짝을 가지고 갈 것인가에 대해서 걱정이 된 것이었습니다.

그렇게 선생님께 대답한 딸 아이의 철없음이 어처구니가 없었겠지요. 그러나 아버지는 어쩔 수 없었습니다. 좋은 사과를 한 궤짝 담아서 버스 정류소까지 자전거로 실어다 주셨습니다.

순이는 콩나물시루같이 빽빽하게 통학생으로 가득 찬 버스에다 사과를 싣고 이리저리 흔들리며 학교가 있는 도시까지 도착했습니다. 공교롭게도 바깥에는 때늦은 가을비가 주룩주룩 내리고 있었습니다. 차장은 사과 한 궤짝을 비 내리는 바깥 도로에다 내려놓고 "오라이" 하고 가 버렸습니다.

순이는 비 맞고 있는 사과 궤짝을 보며 어쩔 줄 몰랐습니다. 할 수 없이 버스표를 파는 매표소에 뛰어가서 표 파는 아저씨에게 아저씨 저 사과 궤짝 이곳까지 좀 옮겨 주시면 안 되겠어요? 저는 무거워서 도저히 들 수가 없어요 했더니 아저씨는 순이를 아래위로 훑어보시더니 화를 벌컥내시면서 "니꺼 니가 들어라 왜" 하면서 냉정한 눈초리로 순이를 쏘아 보셨습니다.

순간 순이는 무안함과 무서움에 눈물이 왈칵 쏟아졌습니다.

사과는 비를 맞고 있었고 순이는 어쩔 줄 몰라 서 있었습니다. 한참 있다가 아저씨는 생각해 보니 안되었던지 사과를 비 안 맞는 곳으로 옮겨다 주었습니다. 순이는 아저씨에게 다 기어 들어가는 소리로 "고맙습니다"라고 말했습니다.

그러나 이곳에서 또 학교까지의 거리는 600m가 훨씬 넘었습니다. 어떻게 가지고 갈 것인가? 순이는 안타깝게 두리번거리다가 마침 지게꾼 아저씨가 비를 피해서 매표소로 들어오는 것을 보고 "아저씨 이것 좀 ○○학교까지 가져다주세요 짐값을 드릴 게요" 하고 비를 맞으며 그 아저씨와 함께 학교까지 가서 교무실에 계신 선생님을 모시고 와서 전해 드렸습니다.

선생님은 고맙다 한마디를 하시고 지게꾼 아저씨에게서 빼앗다시피 궤짝을 들고 숙직실로 사라지셨습니다.

비에 함빡 젖은 순이는 오돌오돌 떨면서 교실로 갔습니다.

그런데 순이는 어제저녁부터 이 시간까지 24시간도 채 안 되는 시간 사이에 마치 어른이 된 것 같이 변했습니다. 화를 내시던 아버지의 얼굴과 매표소 아저씨의 쏘아 보시던 그 눈초리와 사과를 받자 냉랭하게 고맙다 한마디 하고 빼앗다시피 사라진 선생님….

그 경험들을 순이는 잊을 수가 없었습니다. 어른이 되면 모두가 저런가? 상대방의 느낌을 전혀 무시한 사람들…. 오직 자신만을 생각하며 이기주의 속에 사는 냉정한 사람들, 고마워할 줄 모르는 선생님의 행동….

고생 또 고생 하며 선생님의 아들을 위해 좋은 일을 했던 순이에게 돌아온 것은 너무나 쓰디쓴 경험이었습니다. 내가 어른이 되면 절대로 저렇게 하지는 않을 거야….

순이는 평생토록 그 어른들의 표정을 잊지 못할 것입니다.

감나무

가을볕이 유난히 따사롭게 느껴지던 어느 날 이었다. C시에 볼일이 있어 외출 할 것을 생각하니 아침부터 마음이 바빠졌다. 하루 종일 주부가 없을 집을 생각하여 이것저것 정리하고 또 집안 식구들의 점심이랑 저녁 준비까지 대강 끝마쳐 놓고 시외버스정류장으로 나갔다. 주말이 아니어서인지 무척 한산하고 조용 하구나 생각하며 직행버스에 몸을 실었다.

모처럼 하는 외출 이어서 맵시를 내느라고 잔뜩 신경을 쓰며 차려 입은 옷이라 행여나 구김살이 갈까 조심하며 차창 쪽 으로 자리를 잡았다.

차가 도포 위를 미끄러지듯 시가지를 빠져 나가면서부터 일상의 가벼운 피로가 졸음을 몰아왔다. "내가 벌써 늙어가고 있는 것일까? 차를 타기만 하면 졸음이 앞서니…" 입속으로 한탄하며 졸음을 내어 쫓기라도 하듯 고개를 돌리고 창밖을 향해 내 시선을 돌렸다. 어느 사이 황갈색으로 퇴색해 버린 가로수의 행렬이 스쳐 지나가고 굽이쳐 흐르는 낙동강 물줄기가 시원스레 펼쳐지는가 싶었는데 연이어 옥색 하늘아래 울긋불긋한 산이 눈앞에 와 닿았다.

아! 어쩌면 저렇게도 아름다운 모습일까? 하나님의 솜씨가 아니고서야….

감탄사를 연발하며 얼마쯤 달리자니 들판 가운데에 낡은 기와 지붕 위로 빨간 감이 조롱조롱 달린 감나무 몇 거루가 훤칠하게 서 있었다. 잎은 떨어져 벌거벗은 알몸인데다 깡마른 검은 가지 가지에 열매는 어찌 저리도 많이 매달고 있는가? 그 모습이 아름 답다기보다 애처로운 아픔 같은 것이 내 가슴을 스쳤다.

탐스러운 저 열매들을 맺기 위해 감나무는 얼마나 많은 고난 을 겪었을까? 엄동의 북풍한설과도 싸웠을 터이요 삼복의 이글 거리는 폭양도 견뎌 왔을 테지. 오로지 알찬 결실을 위해 끊임없 이 물과 자양분을 빨아 드리며 살아 왔으리라. 그 옛날 내 어린 시절의 고향 집을 생각나게 하는 저 감나무…. 문득 나의 눈앞 에는 어머니의 주름진 얼굴이 또렷이 떠올랐다.

저 감나무의 열매처럼 적지 않은 우리 남매들을 올망졸망 낳 아 애지중지 길러 오신 나의 어머니, 일곱 남매 하나같이 탐스런 열매로 성장 시켜 놓고 이제 당신은 몸을 가눌 기력마저 없이 굽 어진 허리 지팡이에 의지 한 채 맥없이 늙어 가는 우리 어머니… 감나무는 봄이 오면 다시 새 옷으로 단장 하겠지만 어머니의 백 발 머리칼은 언제 다시 검어 지려나? 나무껍질처럼 메마른 어머 니의 손등에 내 눈물이라도 뿌려 부드러움을 되찾을 수 있다면 아니 무심히 흐르는 세월의 한 오라기라도 붙잡을 수만 있다면 가냘픈 어머니의 허리가 더 이상 굽어지지 않을 터인데….

모든 것은 부질없는 생각에 인간이란 어쩔 수 없이 무력한 존 재인 것을….

당신의 숭고한 생애가 영화 필름처럼 뇌리를 스치고 지나간다. 비록 영웅호걸 만들어 세상을 떠들썩하게 하는 위대함이 없을 찌라도 위로 하나님을 공경 할 줄 알고 아래로 나라와 겨레 앞에 부끄러움 없이 살줄 아는 자식들로 키우셨으니 이 크나큰 업적이 어이 숭고하지 않다 할 수 있으리오? 내가 만분의 일도 그 사랑 갚지 못했기에 가슴 저미는 아픔을 안고 하늘을 우러러 염원한다. 주여! 죄인의 불효를 용서 하시고 내 어머니의 남은 여생을 붙들어 주소서! 창밖의 감나무는 이미 지나 버린 지 오래이고, 두 시간 남짓 달리는 버스의 차창이 점점 뿌옇게 흐려졌다.

불우 이웃을 방문하고(기행문)

5월은 가정의 달로서 언제 부터인가 우리의 뇌리 속에도 5월이 오면 으레 어린이날, 어버이날을 상기하게 되고 그래서 간략하게나마 귀여운 자식들에게 사랑의 표현을 하고 또 어버이들에게도 작은 정성을 드리기도 한다.

교회에서는 어린이날이 되면 아동들을 데리고 야외에 소풍을 가게 되며, 어버이날은 경로잔치를 열기도 한다. 금번 우리 교회에서도 5월 6일을 기해 신, 불신 간에 65세 이상의 노인들을 초대하여 큰 잔치를 열 계획을 하고 있다. 이러한 여러 가지 행사에 앞서 우리 여전도회 에서도 조그마한 정성을 모아 우리 주위에 있는 고아원과 양로원을 방문하기로 했다.

4월 26일 오전 12시 약 10여명 가까이의 우리 회원들은 정성껏 모은 쌀 5말과 돈 5만원으로 떡을 빚고 우유를 사고 또 아이들이나 어른들이 입던 옷들 중에 작거나 지금은 입지 않는 옷들을 모아 떨어진 단추를 달고 터진 곳을 꿰매고 하여 정성스레 다듬은 옷가지 545점을 박스에 포장하여 항상 봉사하기를 좋아 하시는 몇몇 집사님들이 이끄는 차에 싣고 출발하였다.

고아원을 방문하기에 앞서 먼저 우리 노회 산하에 있는 s교회로 갔었다. 깨끗하게 보이는 진료원과 교회의 건물을 돌아 교육관인 듯한 곳에 차를 세우고 언덕 아래로 내려다보이는 촌락을 보니 질서가 있고 깨끗한 동리였다. 이 고요하고 평화로운 곳에 사는 사람들의 모습이 얼굴이 일그러지고 손가락이 오그라든 사람들일까? 혼자 상상해 보며 고개를 좌우로 흔들었다. 그곳은 스스로 자립해서 육신이 성한 사람들보다 훨씬 윤택하게 사는 사람들도 있지만 개중에는 가정도 없이 병든 몸으로 말할 수 없는 고통을 당하는 사람들도 많다고 했다.

우리는 어른 옷 포장한 박스 몇 개와 떡 얼마를 전달해주고 돌아 왔는데 오는 길에 한 집사님을 통하여 S교회의 이야기를 듣고 나는 마음으로부터 많은 감명을 받았다.

그 교회는 비록 사회에서 격리된 희망이 없는 환자들로 구성된 교회지만 그곳 집회에 참석 해보면 뜨거운 은혜를 받지 않고는 못 배긴다고 했다. 오그라든 손가락으로 손뼉을 치며 찬송하는 그들의 얼굴에는 참 기쁨과 평화가 넘친다고 했다.

또 그뿐이랴? 환자인 그들이 오히려 성한 사람들을 도와주며 연합회에서도 제일 많은 사업을 한다고 했다. 육신이 멀쩡한 우리들이 부끄러울 정도라고 말 하는 그의 말을 듣고 생각 했다. 그렇다 인간이란 육신의 껍데기를 쓰고 있지만 참 인간의 본질은 육신보다 오히려 정신에 있는 것이다. 육신이라는 그릇 속에 담겨진 그의 영혼의 갈고 닦여진 모양에 따라 인격이 결정될 것이다.

따라서 하나님 앞에 섰을 때의 우리의 모습은 바로 그 인격이며 그것으로 상급이 결정 될 것이다. 하나님 앞에서의 내 인격은 어떤 모습일까?

주여! 나를 불쌍히 여기소서!

성좌교회를 돌아나온 우리들은 노화동에 있는 '우리집'이란 곳으로 향했다.

그곳은 '노화동'이라고 했다. 조그마한 노화동교회의 종각을 멀리서 보며 어떤 분에게 '우리집'이 어디에 있느냐고 물었더니 친절하게도 길을 안내 해 주었다. 차가 들어 갈 수 있는 곳 까지 가서 차를 세우고 떡과 우유를 들고 한참이나 걸어갔더니, 조그마하고 깨끗한 건물이 보였다. 똑똑하게 생긴 작고 통통한 아가씨의 안내를 받으며 집안으로 들어갔다. 나이가 조금 많은 듯하지만 언뜻 보이기에는 불편이 없어 보이는 몇 분 남자들이 마루에서 작업을 하고 있었다. 좁은 비닐봉지에다 소독저를 끼워 넣는 일 이었다. 상냥한 아가씨의 설명을 들으며 우리는 이방 저방을 둘러보았다. 21명의 가엾은 사람들…. 이들은 세상에서 아무 연고자가 없는 자 들이라고 했다. 나이가 23세라고 하는 남자같이 보이는 한 처녀는 아무것도 모르는 바보라고 했다. 이곳에 있는 거의 대부분의 사람은 정신적으로 자기를 가누지 못하는 정박아 들이였다. 시키면 시키는 대로 하는 그림자 같은 사람들…. 그 중에 머리가 하얗고 허리가 꼬부라진 한 할머니는 시장에서 이집, 저집 가게로 다니며 도라지를 까주던 분이라고 했다. 시장 사람들은 그 할머니에게 일을 시키고는 밥도 주지 않더라고 한다.

가엾은 할머니는 그 추운 겨울철에도 바깥 아무데서나 누워 자더라고 했다. 불쌍하고 가엾은 지고….

일을 해주고도 밥을 못 얻어먹은 할머니보다 그에게 품삯을 빼앗아 먹은 그 무자비한 영혼이 더욱 불쌍한 지고…. 마음 약한 우리 젊은 집사님 한 분은 누가 볼세라 숨어서 눈물을 흘렸다. 목욕탕에는 빨래가 수북히 쌓였다. 이들은 자기 빨래도 할 줄 모른다. 다행스럽게도 이 땅 구석구석에는 아직은 따뜻한 온정들이 있어 오늘도 간호전문대 학생들이 빨래 해주러 오기로 했다 한다. 어느 학교의 학생들은 주기적으로 청소를 하러 오기도 하고 장영자 전도사의 이야기를 들으면 이들 '우리집'을 위하여 후원 해주는 분들이 전국에 9백여 명이 된다고 했다. 고맙다, 고마운 일들이다. 우리 사회에는 아직도 이러한 온정들이 있으니 결코 낙심하지 않아도 되겠다. 장영자 처녀의 몸으로서 자기를 희생하며 이 불우한 이웃들에게 그리스도의 사랑을 실천하는 모습을 보니 옛날의 농촌계몽을 위하여 자기 몸을 돌보지 않고 애쓰다가 죽어간 '상록수'의 '최영신'을 연상케 했다. 뒷산을 사들여 양로원을 크게 짓겠노라고 힘을 주어 말하는 전도사님의 설명을 들으며 우리는 내려왔다.

이제 고아원을 향한다. 낙동강 다리를 건너 비탈길을 한참이나 달려 성희여고를 지나고 나니 '경안 신육원'이 보였다. 군데군데 낡은 한옥을 개조하여 교실이나 숙소로 쓰고 있는 이곳 신육원에는 80여명의 원아들이 양육되고 있었다.

30여명은 중,고 학생들이고 20여명은 국교생들이고, 약 30여명의 어린이들은 아직 미취학 아동이거나 젖먹이도 있었다. 우리 일행을 맞으며 어린 쪼무라기들은 훈련을 받은 듯 식당으로 쪼르르 달려가서 정리된 식탁 의자에 줄을 지어 앉았다. 그들은 나이에 맞지 않게 떠드는 소리도 없이 질서 정연하게 앉는모습이 오히려 가슴을 저리게 했다. 다섯 살이나 되어 보암직한 아이에게 "너 나이 몇 살이냐?" 물어 보았더니 일곱 살이라고 했다. 가엾다. 이 순하디 순한 검은 눈동자가 무슨 죄가 있길래 한 엄마의 치마폭에 감겨 칭얼대어야 할 나이에 80명 아이들의 공동 엄마의 눈치를 보며 저토록 겁먹은 눈동자로 변해가야 했을까? 이유야 어떻든 책임없이 이 아이를 세상에 내동댕이 치고 간 그 파렴치한 엄마는 어떤 사람일까? 5월 가정의 달을 앞두고 그들은 한번이라도 이 자식에 대해 생각해 보고 있을까? 목사님의 '정직하고 착한 사람이 되자'는 설교로 예배를 마치고 우리가 가지고 간 떡과 우유를 나누어 주고 옷도 전달해 주며 우리 집사님들의 노래와 반주로 간단한 음악 시간도 가졌다.

대문까지 나와서 깍듯이 인사하는 그들의 배웅을 받으며 우리는 차에 올랐다. 이제는 또 방향이 다른 '우리집'으로 향했다. 그곳엔 노인 7명이 있다고 했다. 연 초록의 나뭇잎들이 생기발랄한 소년들처럼 싱싱하게 푸르러 가고 있는 산들을 뒤로 뒤로 보내며 우리 일행은 T시로 가는 도로변을 한참이나 달렸다.

'우리집'은 과수원을 끼고 언덕 위에 그림처럼 아름답게 서 있었다.

우리를 맞는 강아지들 하며 가축을 키우는듯한 우리가 있는 것으로 보아 무언가 생동감이 있어 보인다. 연로하신 젊잖은 원장님의 안내를 받으며 들어갔더니 깨끗하고 조용한 방들이며 일

곱명 노인들의 모습이 양로원이라기 보다 한 평화로운 가정을 방문 한 듯한 느낌이었다.

그들은 정신도 온전하고 깨끗한 분들인데 다만 연로하여 의지할 곳 없는 분들이라고 하였다. 원장님의 따뜻한 헌신적인 사랑이 이들을 이렇게 편안하게 해 주는가 보다. 떡과 청·장년회에서 가지고 간 고기를 전달하고 목사님의 기도가 있은 후 우리는 내려왔다. 이로서 우리가 오늘 계획한 곳은 다 방문한 셈이다. 점심도 거르고 간 우리 일행은 배고픔도 잊은 듯 뿌듯한 보람같은 것을 느끼며 교회로 돌아오니 5시였다.

이 5월 가정의 달에 우리는 가정이 없는 이웃들을 생각해야 한다.

"네 이웃을 네 몸과 같이 사랑하라"고 하신 그 말씀 전부를 실천 하지는 못할 지라도 우리가 할 수 있는 한도에서 최선을 다하여 조그마한 인정을 베풀 줄 알아야 한다. 이것이 곧 주님의 교훈을 따르는 길이며 메마른 세상에 사랑의 씨앗을 심는 길이 된다.

제주도 관광 기행 (상) ^{1986. 8. 18}

우리 땅의 최남단 지역 제주도란 어떤 곳일까?

이 땅에 태어난 지 반평생이 훨씬 지나도록 제주도는 머리로만 알고 있었지 한번 가 보지는 못했다. 고맙게도 금번 안동노회 교육부 주최 수양회가 그곳에서 열려서 나에게도 가볼 수 있는 기회가 주어졌다.

오늘날 세계 여행을 이웃집 드나들 듯이 쉽게 하는 사람들이 이 땅에는 얼마나 많은가. 이 같은 현대사회에 내 조국의 한 모퉁이인 제주도 이제야 가 보게 되는 '나'란 존재가 조금은 초라하게 느껴지지만, 이 초라하고 소박한 아낙에게는 평생에 처음 가 보게 되는 이 미지의 세계가 소풍을 기다리던 국민학교 시절의 소녀처럼 마음을 즐겁게 했고, 손꼽아 기다리게 했다. 이 같은 가련한 마음을 애처롭게 여겨서이었을까? 하나님은 비 오는 어젯날과 달리 활짝 개이는 날씨를 허락하셨다.

1986년 8월 18일 오전 9시 예정보다 조금 늦은 시간에 72명의 목사님, 장로님 그리고 사모님들이 두 대의 안동관광에 나누어 타고 김해공항을 향해 출발했다. 의성, 군위를 거치는 동안 줄곧 푸른 들판, 신록이 무성한 산야가 마음을 시원케 했다. 8명의 딸이 엄마를 위해 만들었다는 '팔달교'에서 대구로 진입치 않고 오른쪽으로 꺽어 구마 고속도로를 달리던 차는 현풍휴게소를 거쳐 부곡 온천에 닿았다. 이곳에서 중식을 하고 갈 예정이었다. 1972년 신원택이란 분이 발견했다는 이 온천은 72°C의 유황온천으로 14년이 지난 오늘은 산속의 관광 도시로 붐비고 있다. 눈에 보이느니 호텔이 여관이니 완전히 소비성 도시이며 유흥가요 환락가로 전락 되어가고 있는 것 같다. 소문에 의하면 우리로서는 상상도 못 할 엄청난 부패와 타락이 산골의 휴양지에 독가스처럼 번지고 있다고 한다. 소돔 고모라 같은 진노의 불길이 이곳에 임할까 두렵다.

1시 10분 중식 후 부곡을 뒤로 하고 밀양을 지나 의창군을 통과했다. 넓은 대평원이 녹색 물결을 이루며 펼쳐져 갔다. 벌써 벼가 핀 것도 있었다. 이제 또 며칠이 지나면 이 들판은 황금물결을 이루겠지…. 그 모습은 얼마나 장관일까? 땀 흘려 이 곡식들을 가꾼 농민들의 검게 탄 얼굴들을 그려 본다.

주름진 아버지, 어머니의 얼굴…. 수리 시설이 잘되어지지 않았던 그 시대에 비가 안 와도 걱정하며 오직 하늘만 쳐다보며 살던 순박한 모습들! 지금은 다 고인이 되어 버린 그 다정하던 모습들은 오늘 농민들을 대할 때마다 생각나게 한다. 그래서 나는 농민을 사랑한다. 그 땀 냄새, 흙냄새….

그것은 바로 내 부모의 체취이며 내 마음의 고향이기 때문이다. 김해군 진영읍을 통과했다. 단감으로 유명한 곳이라고 한다. 산에 보이는 푸른색 나무는 모두 단감이고 사과밭처럼 감나무밭을 만들어 놓기도 했다. 부산과 마산을 연결하는 구마 고속도로(34.2km 4차선 도로)로 들어서서 우측 공항쪽으로 달렸다. 2시

10분 김포공항에 도착했다. 예정 시보다 조금 연착하여 3시 30분에야 트랩을 밟고 기체 내에 올랐다.

'보잉 727기' 별로 커 보이지는 않았으나 180석의 객석이 있었다. 나는 26번 E석 창가에 앉았다. 창밖을 세밀히 볼 수 있는 좋은 자리였다. 비행기를 처음 타본다고 말하면 나는 또 촌뜨기가 될까? 그래도 좋다. 어차피 나는 처음 타보니까…. 약 7분간을 자동차가 달리듯이 서서히 가던 비행기가 갑자기 빠른 속도로 1분간을 달린 후 완전히 이륙했다. 순식간에 땅의 모든 것들이 아득하게 보였다. 마치 바둑판같은 논밭 길들이 하나의 그림처럼 펼쳐졌다. 더 높이 상공에 올라가니 온 천하가 희미하게 구름으로 뒤덮여 보이지 않았다. 우리 머리 위 상공은 햇볕이 휘황찬란했다. 잠깐 사이 기체 아래에는 아름다운 솜 구름들이 몽실몽실 피어올랐다. 아래도 위에도 구름은 아름다운 꽃을 피웠다. 까마득히 바다가 내려다보이고 하얀 점같은 배들이 바다에 떠 있는 것 같다. 비행기를 처음 만든 라이트 형제의 덕분으로 나에게 날개가 없어도 공중을 떠다니는 즐거움을 맛보았다.

4시 25분 파란 바다가 보이고 제주도의 지형이 아름답게 펼쳐졌다. 5분 후 제주 비행장에 착륙했다. 공항을 나오니 우리를 위해 제주관광 두 대가 대기하고 있었다. 운전대 옆에 〈옵데강 호저 옵서예〉라고 쓴 글자가 있어서 무슨 뜻인지 몰라 어리둥절해 있는 우리에게 '오셨습니까? 어서 오십시오'하고 안내양이 해석해주었다. 우리나라에서 우리 말을 모르다니 여기가 과연 별천지인가? 공항 길 주변에 가로수처럼 서서 아름다운 꽃을 만발하

고 있는 유도화(협죽 도)를 보고 모두 탄성을 발했다. 이 유도화
와 더불어 동백꽃이 가로수로 등장했는데 이 동백꽃은 가정에는
심지 않는다고 한다. 꽃이 떨어질 때 송이째로 떨어져서 불길한
느낌을 준다고 하기 때문이다.

한라산 북쪽 기슭에 자리 잡은 삼성혈^穴로 향했다. 삼성혈은 7
천 90여 평에 이르는 성역 안에 品자형의 세계의 구멍이 있고 이
구멍 지름이 4m로 약 4000년 전에 제주섬의 시조인 고을나, 양
을나, 부을나^{高乙那, 良乙那, 夫乙那}가 솟아났다고 하는 굴혈^{窟穴}이다. 이곳
의 특징은 비가 많이 와도 구멍에 물이 고이지 않고 겨울에는 눈
이 들어가지 않는다고 하며, 주위에 있는 천고^古의 노송^{老松}들이
혈 쪽을 향해 가지가 뻗어져 있었다. 고, 양, 부 삼성이 이곳에서
태어나 수렵 생활을 하다가 오곡의 종자를 가지고 온 벽낭국 3
공주를 맞아 농경생활을 시작하여 탐라 왕국을 세웠고, 중종 21
년 목사 이 수동이 표단과 홍문을 세우고 춘추봉제를 시작 역대
제주 목사에 의해 성역화하고 매년 춘추제 및 건시대제를 지낸
다고 한다. 제주시 전체의 인구가 50만명인데 부고, 양씨는 약
20만명이라고 한다.

5시 30분 우리는 제주 박물관으로 향했다. 구멍 뚫린 현무암이
보도블록처럼 길바닥을 장식했다. 흙에다 붉은 물을 들인 듯한
붉은 바위 부스러기가 박물관 넓은 뜰 한편을 메우고 있었다. 발
로 밟아 보았다. 신 바닥에 묻지 않았다. 민속박물관에 들렀더니
제주 조상들의 고유의 상태들이 낱낱이 전시되어 있었다. 모형
으로 만든 그것들이 일시 우리의 눈에 하나의 예술품처럼 아름

답게 전시되어 있었으나, 좀 더 깊이 생각해보면 이 전시품에서 비친 옛사람들의 피맺힌 고난 생활의 일면들은 오늘 너무 편하고 너무 안일에 빠진 우리네 심성 속에 하나의 경종을 울려주는 듯한 느낌이 든다. 아주 친절한 한 청년이 우리의 가까이에 오더니, 사진을 찍어 드릴까요? 하고는 우리 카메라를 받아 이리저리 포즈를 취하게 하고 열심히 사진을 찍어 주었다.

'참 고맙다. 손님을 위해 이렇게 친절한 안내원까지 마련해 두었구나' 생각했는데 그 사람 왈 "이리 오십시오. 기념품 사 가십시오"라고 했다. 아뿔싸 가까이 가서 보니 기념품은 엄청난 값을 매기고 있었다.

"좀 미안스러우나 할 수 없군요. 지금 그만한 돈을 준비하지 못해서…" 하고 목을 움추리며 그곳을 나왔다. 고로 관광지에서는 절대 친절한 사람을 주의할 것….

용두암으로 향했다(6시 10분). 약 15분간 달리는 도로 주변에 아름다운 유도화의 가로수가 만발했다. 이렇게 아름다운 꽃이지만 독성이 있기 때문에 사람들이 가까이 가지 않는단다.

15분간 달려 목적지에 닿으니 바다에 접한 검게 탄 화산암이 마치 용의 머리와 같이 생긴 모습을 하고 있었다. 바다의 비린내가 풍긴다. 검은 바위에 와서 부딪치고는 산산조각이 되어 흩어지는 흰 물거품들은 철썩거리는 파도 소리와 함께 저 용두암보다 더욱더 내 눈길과 마음을 끌었다. '내 귀는 한 개의 조개껍데기 그리운 바다의 물결 소리여!' 어느 시인의 싯귀가 생각났다. 6시 40분 숙소인 한라호텔로 향했다. 방을 분배받고 식사를 한 후 8시 30분에서 10시까지 예배 및 세미나를 넓은 식당에서 개최했다.

8월 19일 아침 8시 화창하고 맑은 날이다. 오늘 최고 기온은 31°C라고 한다. 되도록 시원하고 간편한 옷차림을 하고 차에 올랐다. 오늘은 강행군할 예정이었다. 관광버스의 안내양들이 거의 다 그렇듯이 이 아가씨도 상냥하고 아는 것이 많았다. 각본을 써서 외우듯이 좔좔 제주도에 관한 설명을 하기 시작했다. 돌로 시작해서 돌로 끝나는 제주도는 육지에서 675리 떨어진 남쪽 바다 섬으로 동서가 78km 남북이 81km 돌 많고, 여자 많고, 바람 많은 삼다도요, 360여개의 화산 분화구에서 나온 다공질. 현무암으로 구성된 화산섬이다.

오늘날 이 돌들은 바로 제주도의 재산이고 이 돌 한 개를 몰래 육지에 가지고 가면 벌금이 30만원이란다. 또 사면이 바다이기 때문에 바람이 많아 샛바람, 말바람, 하늬바람이 계절 따라 불어온다고 한다. 이 바람 때문에 제주도의 초가지붕들은 용마루가 없고 밧줄로 바둑판처럼 얽어 메어 놓았다. 제주도의 여자들은 한이 많은 여자들이다. 이조 시대의 귀양지로서 귀양 온 자가 시녀 23명을 데리고 와서 시녀들이 귀양 온 양반을 먹여 살리기 위해 산에 밭을 일구고 일을 하기 시작하였다.

뿐만 아니라 1948년 4월 3일 좌익계 폭도들에 의한 폭동 사건으로 많은 남자들이 죽어 그때 당시의 여인들은 거의가 과부가 되었다고 한다. 안내양의 말을 들으며 우리는 서부산업 고속도로를 달렸다. 총연장 37km인 이 고속도로는 지난 3월 10일 개

통되었다고 한다. 그는 우리에게 참 운이 좋은 분들이라고 했다. 1년 365일 중에 한라산 정상이 보이는 날은 90일에 불과한데 오늘 우리의 눈으로 볼 수 있다며 한라산 정상을 손으로 가리켰다.

제주도는 삼다도임과 동시에 삼무도이기도 하다. 3무도란 거지가 없고, 도둑이 없고, 대문이 없다는 뜻이다. 대문 대신 '정낭'이란 것이 있었는데 가늘고 긴 통나무를 집 입구에 걸쳐 놓고 1개를 걸쳐 놓으면 사람이 있으나 이웃집에 잠깐 갔다는 뜻, 2개 걸쳐 놓으면 주인은 없으나 아이들이 부근에 있다는 뜻, 3개 걸쳐 놓으면 주인이 출타 중 빈집이라는 뜻이다.

제주도 관광기행(하)

제주도의 가족 제도를 보면 결혼을 하면 장자라도 일단 분가를 한다고 한다. 만약 한집에서 같이 살아도 아들의 식구와 부모의 식구가 부엌을 따로 쓴단다.

그리고 여기는 아들딸 구별 없이 재산을 고루 분배해 주고 사돈지간도 조금도 어려움 없이 정답게 지낸다. 물론 옛 시대였겠지만 논농사가 거의 없는 이곳에서는 고운 밥(쌀밥)을 두말 먹고 시집가면 부잣집 딸이었다 한다. 논농사는 전 농지의 2% 밖에 없고 모두가 고구마 유채, 밀감 등의 밭이었다. 치욕적인 몽골의 지배를 1세기 동안 받고 또 일본과의 거리가 240km 밖에 되지 않는 이곳에서는 자연적으로 그쪽 방향을 닮은 방언을 많이 쓰게 되었다.

브룸 (바람)

큰년 (큰딸)

폭삭 속았다 (매우 수고하셨습니다)

제기 제기 옵서게 (빨리 빨리 오십시요)

비바리 (가시내)

족은년 (작은딸)

왕산갑사 (와서 사고 가시요)

왕방갑사 (와서 보고 가시요)

혼저옵서 (서둘러 오세요)

ᄃ르멍 ᄃ르멍 옵서게 (빨리 뛰어 오십시요)

늘멍 늘멍 옵서게 (천천히 오십시요)

도새기 (돼지) 독새기 (계란)

맨도롱 ᄄᆞᄄᆞᆯ때 호로록 드리싸 봅서 (따뜻할때 빨리 드세요)

이 밖에도 많은 방언이 있지만 몇 가지만 소개했다.

8시 30분 산방굴사에 도착. 우리는 산으로 오르지 않고 기묘하게 생긴 돌산의 해변으로 내려가서 그 오묘한 하나님의 솜씨를 감탄하며 몇 장의 사진을 찍었다. 그곳에서 1시간 가량 소요한 후 서귀포로 가던 중 총 공사비 5억 가량 들었다는 '선임교'를 지났다. 일명 '천재교'라고도 하는 이 다리는 흰옷 입은 선녀들이 비파를 켜고 노니는 모습을 아름다운 대리석으로 공교하게 조각해 놓았다. 다리 저쪽 편으로 천제연 폭포수가 시원하게 쏟아지고 있다. 폭포수에 손을 씻고 더위를 식힌 우리는 제주도의 명산물인 감귤밭으로 갔다. 탱주처럼 파랗게 매달린 감귤을 보고 파인애플의 재배법에 대해 설명을 들은 후 '왕봉정'이란 로열젤리의 선전에 귀가 솔깃해진 일행들이 그 비싼 왕봉정과 화분을 많이 샀다.

건강과 장수는 너나 할 것 없는 뭇 사람들의 소원이니 어쩔 수 없지….

70리 서귀포 앞바다가 눈앞에 펼쳐졌다. 외돌개(할망바위)를 차 안에서 바라보며 우리는 천지연폭포로 향했다. 우리와 더불어 많은 관광객이 그 아름다운 폭포가 쏟아지는 곳으로 발걸음을 옮겼다. 외국인들도 있었다. 이 폭포는 여성적인 폭포라고 한다. 흰 물거품을 품으며 쏟아지는 물줄기는 멀리서 바라보기만 해도 31℃의 찌는듯한 더위를 씻어내리는 것 같다. 폭포를 좌우로 하여 병풍같이 둘러싼 벼랑길을 이별하고 제주의 일미라고 하는 된장 뚝배기 식사를 맛있게 든 우리 일행은 다시 남성적인 폭포라고 하는 정방폭포를 관람하고 한라산 중턱으로 올라갔다. 저 아래 깊은 계곡이 보였다. 물은 말랐으나 구멍 뚫어진 돌들이 깔린 까마득한 수핵 계곡은 내 짧은 글솜씨로 서는 그 아름다움을 표현할 수 없다. 해발 1950m의 한라산에는 1800여 종의 식물과 900여 종의 동물이 살고 있다고 한다. 그러나 맹수는 없고 이 산은 진귀한 잡목들이 어우러져 살며 아열대, 온대, 한 대의 식물 분포도가 뚜렷하여 식물의 보고를 이루고 있다고 한다. 산 속의 그 신선한 공기가 아까워 우리는 차에 서 내려 나무들의 터널 속으로 걸었다.

한라산을 벗어난 우리는 사면이 바다이나 유일하게 바다가 보이지 않는 대평원으로 들어섰다. 넓은 목장을 보고 어느 미국 사람이 이곳을 미국의 텍사스주와 비슷하다고 했다 한다. 우리는 5.16도로의 중간지점에서 동쪽으로 7.8km 지점 해발 380m에 위치한 둘레 2km, 깊이 100m의 화산 분화구인 '산굼부리'를 구경했다.

화산의 분화구이나 물이 고이지 않고 많은 수목이 울창했다. 이곳은 여름엔 시원하고 겨울엔 따뜻하여 온갖 동물들의 서식처가 되고 있으며 수렵이 금지된 곳이라고 한다. 2시 40분. 그곳을 출발한 우리는 시간 관계로 3시에 민속 마을을 통과하여 성산 일출봉으로 향했다. 성산 일출봉은 성산포 동쪽 해안에 한 덩어리 바위로 이루어진 석산石山이라고 한다.

그 높은 산 위로 올라가기가 힘이 들어 우리 몇 명은 해안을 돌아 해녀들이 구슬픈 휘파람 소리를 내며 해조류를 따고 있는 벼랑길을 내려갔다. 바닷속에서 한 해녀가 "거리를 사 잡수셔"라고 고함 질렀다.

회의 맛보다 오히려 그 해녀가 보고 싶은 우리는 그에게 가지고 오라고 마주 고함질렀더니 그는 반갑게 헤엄쳐서 우리가 있는 바위 위로 기어 올라왔다. 검은 잠수복을 입은 그 해녀의 바구니에서는 문어, 해삼, 전복, 멍게, 성게 따위가 쏟아져 나왔다. 사모님 한 분은 초장이 없다고 걱정을 했다. 그러자 그 해녀는 잠잠히 웃는 모습으로 "걱정마셔요"하고는 바가지 속에서 알루미늄 도시락을 꺼내더니 도마 대신으로 엎어놓고 칼로 이 횟거리들을 장만하기 시작했다.

그리고는 허리춤에 차고 있던 병에서 초장을 꺼내 놓았다. 5,000원어치의 회는 육지에서보다 훨씬 비싼 값으로 느꼈지만 주름진 그녀의 얼굴을 보고 말없이 한 입을 맛보았다. 이 여인은 50이 좀 넘어 보여서 나이가 얼마냐고 물었더니 40이라고 한다. 해녀 생활 15년의 고난이 밉지 않게 생긴 저 얼굴을 그토록 주름지게 했는가 보다. 그녀가 입고 있는 검은 잠수복도 낡아서 그녀의 얼굴처럼 주름이 져 있었다. 5시에 우리일행은 만장굴에 도

착했다. 총연장 13422m, 세계 최장의 용암동굴인 이 굴은 높이
가 2m~30m 너비 2m~23m, 3개의 입구가 있고 제2 입구에서
남쪽 600m 지점에 천년 묵은 거북바위가 있으며, 100m 지점에
는 상층에서 하층굴로 암장이 쏟아지면서 굳어진, 높이 8m의
용암 석주, 3800m 지점 굴 양쪽에 새 날개 모양을 한 50m의 날
개벽들은 다양한 경관이다.(천연 기념물 제98호) 굴 속의 기온
은 9°C로 조금 몸이 불편했던 나는 온몸에 소름이 끼쳤다. 5시
50분 만장굴을 출발하여 과부촌 토산물 직매장에서 간단한 기
념품을 산 우리는 숙소로 돌아와서 저녁 식사 후 9시에서 10시
까지 예배를 드리고 취침에 들어갔다.

　20일 새벽 5시 아침 식사 후 제주항구로 향하여 달렸다. 제주
의 아침거리는 신선하고 아름답다. 깨끗하고 질서 있으며 열대
수의 가로수들이 어우러진 이 풍경들은 '한국의 하와이' 라고 이
름 붙인다면 어떨까 싶었다. 지금도 개발 도중이라 하니 앞으로
는 더욱 살기좋고 아름다운 섬이 될 것 같다.

　먼 옛날 죄인들이 유배지였다던 이곳이 그때 당시에는 얼마나
많은 눈물과 한탄이, 이 돌 많고 바람 많은 곳에서 응어리져 있
었을까? 그러나 요즈음 이곳은 관광의 도시로서 지상의 낙원처
럼 느껴져 언제부터인가 행복한 신혼부부들의 신혼여행지로 지
적되다시피 한 곳이다. 이 꿈의 섬에서 이틀 밤을 지낸 우리도
이젠 고향으로 돌아가려고 부둣가로 나왔다.

　구멍 난 현무암의 길바닥과 유도화의 거리를 아쉽게 돌아보
며 목표를 향하는 '동양고속 카훼리호'에 승선했다. 카펫을 깐 넓

은 2등 객실이 우리의 방이었다. 바람 한 점 없이 잔잔한 날씨는 우리로 하여금 제주도의 전경을 더욱 뚜렷이 볼 수 있게 했다. 갑판 위에서 승객들은 제주도를 배경으로 하여 기념촬영을 하기에 분주했다. 7시, 마침내 닻줄을 풀고 서서히 제주항을 출발했다. 하얀 물보라가 한 줄을 그으며 뒤따라온다. 배가 출항한 지 1시간이 좀 지났는데 거의 모두가 길게 누워 잠을 자고 있다. 나는 갑판으로 나 왔다. 몇몇분들이 바다를 구경하며 앉아 있었다. 멀리 자그마한 섬이 보였다. 북제주군 '추자도' 7,000명의 인구가 사는 섬이라고 한다. 망원경으로 보지 않고서도 자그마한 집들이 그림처럼 보이더니 다시 멀어져 갔다. 초록빛 물결을 헤치고 하얀 물보라를 일으키며 달려가는 배 안에서 피로도 가셔진 듯 가슴도 머리도 시원하다.

바다- 끝없이 넓은 망망대해. 저 깊디깊은 침묵 속에는 얼마나 많은 것들이 잠겨 있을까? 헤아릴 수 없이 수많은 어족들과 해초들….

무궁무진한 해산 자원들이 저 속에 잠겨 있겠지. 그뿐만 아니라, 먼 옛날 태곳적부터 쌓아온 수많은 생존경쟁의 잔재들이 저 속에 잠겨 있으리라. 인간을 비롯한 뭇 동물들의 해골…. 온갖 무기의 쓰레기도 아니면 아름답고 진귀한 보석들도 그 옛날 화산폭발로 인해 물속에 잠겨버린 전설의 도시 아틀란티스도 폼페이시도 육지에서 흘러나온 온갖 시의 오물들도 다 저 속에 잠겨 있으련만 저 바다는 저처럼 모든 것을 품은 채로 슬픔도 화냄도 없이 오직 잔잔하고 푸른 모습으로 오늘 우리의 맘을 이토록 즐겁게 해 주는가? 나도 저 바다처럼 넓고 깊은 마음을 가졌으면…. 어떤 괴로움이 내 마음에 침입해와도 저 바다처럼 다 삼켜 버리고 잔잔할 수 있었으면…. 배를 스쳐 지나가는 바람 소리에서 주님의 소리를 듣는다.

"너도 이같이 되어라"

"오! 주여 저도, 제 마음도 이 바다같이 되게 하소서"

저 멀리 남해대교가 희미하게 보인다. 현재시간 11시 30분, 물의 빛깔은 차츰 연갈색으로 변해갔다. 불쑥 솟아난 산모퉁이를 둘러싸고 뭉게구름이 아름다운 꽃을 피웠다. 고깃배들이 하나, 둘 눈에 뜨인다. 목포항이 가까워 왔나보다. 12시 30분 배에서 내린 우리는 광장에 대기하고 있던 안동관광에 몸을 실었다.

목포시를 뒤로하고 3시 30분에 광주시에 도착 어느덧 푸르고 짙은 아름다운 지리산을 누비는 88고속도로로 달리고 있다. 6시 5분 거창을 지나 깊은 산 골 첩첩산중으로 둘러 쌓인 산촌으로 들어섰다. 산 밑에 옹기종기 모여있는 집들에는 이맘때면 저녁 식사 준비로 굴뚝마다 하얀 연기가 피어나야 될 때이건만 어느 한 집도 연기를 피우는 집은 없었다. 이 깊은 산골에 도 나무를 때지 않는다는 증거다. 옛날 신라의 도읍지였던 경주에선 숯불을 피워 밥을 지어 먹어서 호사스러웠다고 했지만, 오늘날 우리네 살림살이는 이 깊은 산골에서도 그보다 몇 배나 더 편리한 가스레인지를 쓰고 있으니 얼마나 우리는 윤택한 시대에 사는가? 요즈음 머리가 하얗게 된 노인네들이 오래 사시는 이유는 옛날 고생하던 시절에 비해 너무나 편안한 이 시대가 아까워 잘 돌아가시지 않나 보다.

벌거숭이 산이라고 했던 옛말은 이제 전설에 불과 하고, 보이는 곳마다 푸르디 푸른 금수강산 내 조국이다. 제주도의 밭은 경계선이 돌이었지만 이곳의 논두렁에는 콩나무들이 무성하게 자라있다.

제주도의 협죽도와 동백을 대신하여 플라타너스와 포플러가 시원스럽게 도로 주변에 줄을 서 있다.

하나님이 얼마나 이 땅을 사랑하셨으면 사람의 손 하나 대지 않아도 이 큰 나무들과 산들을 이토록 푸르고 싱싱하게 물주고 가꾸셨을까? 과히 착하지도 못한 우리 민족이건만 그의 긍휼과 자비는 금수강산 골골마다에 넘치도록 부어 주셨구나. 7시 송죽 휴게소에서 출발하면서 차내에서 우리는 수요예배를 드렸다. 간간이 가는 빗발이 뿌리치는 차창 밖은 이미 어두움이 몰려오고 9시 40분 안동에 도착하니 굵은 빗방울이 2박 3일의 제주 관광을 마지막으로 장식하고 있었다.

제3 땅굴 방문기^(기행문)

1986년 6월 5일 새벽 4시 30분에 새벽기도회를 시 작하여 50분에 마치고 5시 정각에 가벼운 행장을 한 우리 45명의 성도들은 차에 올랐다. 아직은 이른 아침이라 거리는 조용하고 게다가 지난밤에 한줄기 내렸던 비 덕분에 오늘 아침의 푸른 가로수 길은 더욱 상쾌함을 돋우어 준다. 모처럼의 여행인데다 1박 2일이란 느긋한 시간관념 때문인지 모두의 얼굴은, 더우기 여 성도들의 얼굴은 편안 하고 즐거운 모습을 그대로 드러내고 있다. 상냥한 안내양 아가씨의 인사와 설명을 듣는 동안 차는 어느 사이 깨끗이 모내기가 되어있는 풍산들을 거쳐 활을 잘 쏘는 사람들이 살았다는 예천으로 들어섰다. 벽돌 위에다 철조망을 얹은 길게 뻗은 담장이 저쪽으로 보인다. 예천 공군기지 십리의 담장이라고 한다. 우리의 주변에 이와 같은 튼튼한 공군기지가 있으니 마음 든든하다. 탄광촌으로 발전했다는 점촌 시로 접어들자 시계의 바늘은 6시 10분을 가리켰다. 지금 이 시각 집에 있었으면 가족들의 아침 식사 준비에 한참 분주했을 우리 여 집사님들은 부엌이라는 직장에서 해방된 기쁨을 만끽하는 듯 차내의 스피커에서 흘러나오는 찬송을 따라 부르고 박수 치고 웃고 떠들고 있다. 점촌에서 문경으로 향하는 산등성이에 이르니 꽤 넓은 지역이 마치 밭고랑을 갈아놓은 듯 검은 줄무늬를 이루었다. 지난번에 산

불이 났던 자리라고 했다. 저 푸르디 푸른 울창한 숲에 붉은 화마가 아귀처럼 달라붙어 나무들을 사루어 갔을 그 때를 상상 해보았다. 무섭다. 불이 인간에게 없어서는 안 될 귀중한 것이지만 필요 없는 곳에 사용되었을 때는 이렇게 무서운 결과를 빚는구나….

6시 40분 문경읍 소재지에 들어섰다. 옛날 고 박정희 대통령께서 하숙하셨다는 초가집을 안내양 아가씨가 소개해 주었다. 1979년 10월 26일 저녁 7시 조국을 가난에서 해방시키고 선진의 대열에 서도록 하기 위해 분골쇄신 애쓰시던 박 대통령께서 너무도 억울하게 비명에 쓰러지셨던 그날. 이를 애도함이었던지 이 집 주위에는 때아닌 복숭아꽃과 살구꽃이 피어 고인을 애도하였다고 한다. '문경'이라는 곳은 이야기가 많은 고장이다. '문경'이란 말들을 문(聞) 경사경(慶)으로 '경사스러운 말을 듣는다'는 뜻으로 옛날 한양 천리에 과거를 보러 갔던 선비들이 과거에 급제하고 이 문경새재 (이화령)을 넘어 첫 마을인 이 문경촌에서 반가운 소식을 듣게 해 준다는 뜻이라고 한다. 또 이곳에 '각설이 동네'라고 하는 동리가 있었는데, 문자 그대로 각설이 (거지)들이 모여서 사는 동리였는데, 1970년 박정희 대통령의 첫 번째 새마을 사업으로 지붕개량을 한 후 이곳 주민들은 새로운 힘을 얻어 지금은 잘사는 동네가 되었다고 한다. 해발 530m 충북과 경북을 연결해주는, 너무 높아서 새들도 3번이나 쉬었다 넘어간다는 문경새재 (이화령), 올라갈 때는 아리랑고개, 내려갈 때는 스리랑고개라고 하는 이 '문경새재'에서 우리도 잠시 차를 멈추었다. 그리고 준비해 온 도시락으로 아침 식사를 했다. 높은 지대여서인지 기온이 많이 내려 얇은 옷 사이로 스며드는 냉기에 저마다 파-란 얼굴을 해 가지고 조반을 들었다. 7시 30분까지 까마득하고 아슬아슬한 벼랑길을 내려다보며 우리는 서서히 문경새재를 떠나갔다. 저 아래 산 계곡에 인가가 보이고 논밭들이 보였다. '연풍'이란 동네로 옛날 광해군의 박해를 받은 천주교인들이 숨어서 산 고장이라고 한다. 약 20분 후 섭씨 53°C 알카리성으로 피부병에 좋다는 '수안보 온천'을 통과하여 1955년에 시로 승격하고 우리나라 최초의 질소비료 공장이 세워진 충주시로 들어가니 8시 19분이었다. 남한에서 농산물이 최고로 발달 되었다는 이 고장을 스쳐 가면서 우리는 S집사님의 눈물겨운 간증을 들었다. 이 간증에 우리 모두 은혜를 받았지만, 특별히 안내양이 은혜를 받고 그도 역시 눈물 흘리며 과거에 믿었던 하나님의 품으로 다시 돌아올 것을 약속했다. 계속 달리는 차는 경기도 여주군을 통과하고 이천 응암휴게소에 잠깐 들렀다가 쌀이 맛이 있다는 이천평야를 바라보며 178km의 영동고속도로로 신나게 달렸다.

푸른 산과 들. 언제까지 달려도 싫증 나지 않는 깨끗한 고속도로. 참으로 아름다운 우리의 금수강산이 아닌가! 하나님이 주신 이 아름다운 땅에서 오손도손 정답게 살았으면 얼마나 좋으련만 형제가 총부리를 서로 맞대고 피를 흘리며 싸워야 하는 이 비참함은 대체 어느 누구의 계획에서부터 출발한 것일까? 36년이란 긴긴 세월을 간악한 일본의 압제 밑에서 함께 곤고를 겪었으면

서로 측은히 여기는 마음에서라도 이런 일은 없었으련만 우리네 민족은 과연 어떠한 성품을 가졌길래 겨우 평화를 얻자마자 또 다시 집안싸움을 해야 했는가? 또다시 36년이란 긴 세월을 전쟁의 압박감 속에 살아오다니. 참으로 눈물도 피도 메말라 버린 이북 괴뢰놈들. 그들에게는 인격도 의리도 아무것도 없다. 휴전 협정마저 무시한 채 몰래 순식간에 남침을 피하려고 파놓은 경악을 금치 못할 그 땅굴을 탐방하기 위해 우리는 지금 차를 달리고 있다. 그것이 진짜일까? 10시 17분 드디어 서울 관문 톨게이트를 통과하여 강남구 고속 터미널에 도착했다.

마치 '노아의 방주'를 연상케 하는 '산성교회'가 길옆에 높다랗게 보였다. 서울은 정말 복잡 하구나, 인구 1000만이 넘는다니 우리나라 전체 인구의 눈이 아닌가? 안내양이 가르키는 반포 아파트를 바라보며 그의 설명을 들었다. 맨션아파트란 왜 맨션아파트라고 이름지었는가 하면 그 이유는 맨손으로 들어가도 살 수 있다고 해서 그렇게 이름 지었단다. 한달 수입 100만원 이상인 자라야 살 수 있는 곳이며 한 달 관리비가 20~30만이 든다고 한다. 안내양의 말이 "우리에게는 그런 집을 그냥 주어도 살 수 없는 곳이에요" 했다. 무언가. 형용할 수 없는 메마른 웃음이 내 마음에 번져왔다. '참으로 인생살이가 천층만층이로구나 저 영원한 천국에 가도 이 층층은 있을 것인가? 잠시 머물렀다 갈 이 땅에서야 동가식 서가숙 할지라도 저 하늘 그곳에서는 금은보석으로 꾸며진 화려 찬란한 집에서 영원히 살고지고…' 10시 30분 동작동 국립묘지에 도착했다. 1965년에 조성한 이 국립묘지에는 고 이승만 대통령, 박정희 대통령 내외를 비롯한 무수한 선열들과 국군 장병들이 고히 잠들어 있다. 우리 일행은 박대통령 묘소앞에서 목사님의 인도로 잠시 기도한 후 묘지를 내려와서 가까운 터미널에서 중식을 했다. 시계 바늘이 11시 57분을 가르키는 것을 보며 땅굴을 향해 출발했다. 한강을 낀 강변도로를 달리며 중앙대학교와 아치형의 제1한강교를 뒤로 보내고 오는 길에 잠시 들를 예정인 63빌딩, 국회의사당, KBS공영방송국을 지나 성산대교를 통과하고 새로이 개통된 강변도로를 달렸다. 한강물은 첫눈에 보아도 깨끗했다. 새로 만들어진 강변도로 밑으로 배수관을 묻고 그 속으로 서울의 온갖 오물들이 흘러 바다로 직통하게 한다고 한다. 그래서 한강물은 요근래에 이같이 깨끗이 보존되어 가고 있단다. 한강은 마치 작은 바다 같다. 저쪽으로 난지도라고 한 곳이 있었는데 그곳은 서울 시내의 모든 연탄재들을 모아 땅으로 개발하는 곳이라고 한다. 1400m의 행주대교를 통과하고 서울 근교에서 땅값이 비싸기로 소문난 능곡군을 통과하니 12시 26분, 우리는 다시 1976년에 완성된 4차선 통일로를 달렸다. 여기서부터는 무언가 기분이 이상한 느낌이 들었지만 역시 이곳에서도 깨끗하게 줄을 지어 선 푸른 벼들이 평화롭게 자라고 있었다. 전방이 차츰 가까와 오는 모양인데도 오손도손 양옥집을 짓고 평화스럽게 사는 마을들이 보였다. 12시 57분 임진각에 도착했다. 미군과 흑인들의 모습이 눈에 띄었다. 보초병도 미군이었다. 사랑스런 가족을 떠나서 머나먼 이국땅, 그도 언제 전쟁이 터질지 모르는 전방에서 남의 땅을 지켜주기 위해 고생하는 저들이 무한히 고맙게 생각되었다.

임진각에는 아웅산 폭발사건으로 인해 아까운 목숨을 잃어버린 17명의 우리 정계인사들의 영혼을 달래기 위해 세워진 위령탑이 있으며 북한으로 향해 달려가다 중단된 열차 한 토막이 처량하게 서 있었다. 1시 37분, 1973년에 세웠다는 '자유의 다리'를 건넜다. 길이 83m 높이 26m폭 6m라는 이 다리 아래로 임진강이 흐른다. 임진강의 물결은 누런 흙탕물이었다. 말로만 듣던 임진강. 첫인상에 마치 죽음의 강 같은 느낌을 주는 이 강은 그리 넓지 않은 강이었지만 물도 흘러가지 않고 강 속에는 바가지 같은 하얀 물체가 군데군데 놓여 있었다. 적을 방어하는 데 쓰이는 어떤 물체들이라고 했다. 으스스한 느낌이 든다. 이곳에서 약 16km만 더 가면 판문점이라고 한다. 다리를 건너서 '오직 전진뿐'이라고 쓰인 커다란 현수막을 쳐놓은 멸공관에 들려 우리 일행이 가져간 선물 '짤순이'를 이곳을 지키는 군인들께 전달했다. 멸공관에서 슬라이드를 볼 예정이었지만 사람들이 많이 밀려있기 때문에 우리는 땅굴부터 먼저 가 보기로 하고 그곳을 나오며 한 군인 아저씨의 안내와 설명을 들었다. 땅굴을 향한 길 주변에 푸르 짙은 수풀이 둘러 쌓여 있는데 그곳은 비무장지대로 사람의 인적이 금지되어 있기 때문에 무척 수풀이 짙다고 했다. 1시 56분 제3땅굴에 도착했다. 안내한 군인의 설명의 듣고 우리는 각자 철모 하나씩을 머리에 쓰고 지하 73m의 내리막길을 미끄러질까 조심하며 천천히 내려갔다. 사방이 암벽으로 쌓여서 미끈미끈하고 위에서 물이 뚝뚝 떨어졌다. 북괴가 탄광굴로 위장

하기 위해 바위에다 검은 칠들을 해 놓았다. 가운데쯤 가니 맑은 식수가 있었는데 약수라고 하면서 모두들 한 쪽박씩 마셨다. 이 북 경계선 물려주고 아름다운 풍속을 물려주고 또한 고귀한 슬기를 물려 주셨거늘….

우리는 오늘 이 모든 것을 죽이고 죽이는 싸움에 쓰는구나.

형제여! 이제 우리 그리 말자.

지금이라도 우리는 총칼 내동댕이치고 손을 마주 잡자. 그래서 이 미움을 사랑으로. 이 서러움을 기쁨으로 바꾸어 보자꾸나. 우리 조상들이 지하에서 기쁨의 환호성을 외치도록. 우리 이제 평화롭게 살자꾸나.

우리는 다시 멸공관으로 되돌아와서 슬라이드를 통해 땅굴에 관한 설명을 들었다. 북괴가 파 놓은 땅굴은 모두 3개가 발견되었는데 제1땅굴은 74년 11월 15일 발견 서울에서 101km 떨어진 지점에 있었고 제2땅굴은 75년 3월 19일 발견, 서울에서 65km 지점, 제3땅굴은 78년 10월 17일 김부성씨에 의해 발견 서울에서 불과 44 지점에 있었다. 폭 2.1m 높이 1.96m로 트럭도 넉넉히 들어갈 수 있다고 한다. 이들은 이 세 개의 땅굴을 파 놓고 이 세 땅굴을 통해 동시에 서울을 향해 공격할 계획이었다. 가히 천인이 공노할 짓이다.

3시 58분 멸공관에서 출발한 우리는 임진각으로 돌아와서 잠시 휴식 시간을 가졌다. S집사님 댁에서 정성스럽게 마련 해오신 돼지고기를 차체 옆 광장에서 군데군데 둘러앉아 맛있게 먹었다.

돼지고기를 평소에는 별로 좋아하지 않았는데 이곳에서는 기가 막히게 맛이 있었다. 아마 그 지극한 사랑의 정성이 깃들인 탓이리라. 배부르게 먹고 마신 우리들은 5시 8분에 그곳을 출발하여 다시 서울로 되돌아왔다. 여의도를 향한 우리 차는 계획대로 63빌딩 앞에 멈추었다. 멀리서 봐도 장관이었지만 가까이서 보니 더욱 그렇다. 63층이란 까마득한 건물이 온통 유리로 되어 있었다. 유리 한 장의 값이 30만원인데 이 유리가 14000장, 이 건물을 짓는데 소요된 총 금액은 1천8백억원이란다. 유리 한 장의 키가 사람의 키 2배가 훨씬 넘는다. 건물 내부는 온통 대리석으로 만들어져 자칫하면 미끄러질라 조심스레 걸었다. 수족관을 구경하려고 들어가면서 옆의 집사님께 조그맣게 속삭였다. "우리가 구경하러 온것이 아니라 우리를 구경시키려 왔는것 같아요" 힐끔힐끔 우리를 쳐다보며 빙글거리는 종업원들의 미소는 웃는건가? 비웃는건가? 그 으리으리한 대리석 건물 안의 우리의 모습은 어쩌면 그렇게도 초라해 보일까? 누가 묻지 않아도 안동 냄새가 우리의 모습에서 풍기는 것 같았다. 수족관에는 각색 보지 못했던 신기한 물고기들이 자기 종류대로 유리관 속에 갇혀 살고 있었고, 한가운데의 대형 유리관 속에는 온갖 종류의 물고기들이 함께 바다 속처럼 몰려다니며 해녀가 던져주는 먹이를 따라 다니고 있었다.

훈련시킨 고기들의 온갖 쇼를 구경하고 나오니 7시 10분 약한 시간 동안의 눈요기 값이 1인당 2300원이었다. "구경은 좋았지만, 너무 비싼데…." 하고 말했더니 누가 말하기를 "그래도 이곳은 매 달마다 적자운영"이라고 한다. 하기야 서울의 약은 사람들은 바로 이웃에 있어도 구경 오지 않는다니 어쩌다 한양 나들이 온 시골뜨기들만 바라보고 있자니 이 건물을 지은 대한생명도 목이 타들어 가겠구먼….

문화의 산물이 무엇인가? 눈에 보이는 것은 빌딩 빌딩들…. 거리를 빽빽하게 메우고 있는 차의 무리들. 왼종일 밝은 햇볕 한 번 나지 않았다. 하기야 오늘 일기의 탓도 있겠지만 이야기를 들으니 서울의 날씨는 1개월 중 약 25일은 이렇게 우중충한 날씨라고 한다. 이는 곧 많은 인구와 차의 매연, 온갖 도시 생활로 인한 '스모그현상'이라고 한다. 우리 안동은 얼마나 깨끗한 공기, 밝은 햇볕을 날마다 즐길 수 있는가? 복 되도다 안동 사람들이여! 차내의 스피커를 통해 최기라의 허스키한 음성을 들으며 제3한강교를 통과했다. 영동대교를 통과하면서 안내양이 '비 내리는 영동교'란 주현미의 히트곡을 들려주었다. 퇴근길이라서 더욱 그런가? 빽빽한 차의 물결로 인해 우리 차가 제대로 빠져나가지 못하자 장로님 중 한 분께서 "서울 사람들 이것이 사는 건가?" 하고 말씀하셨다.

전 세계에서 교통사고 1위가 우리나라라고 한다. 차와 건물들로 인해 서울의 땅이 꺼져 버릴까 두렵다. 8시 우리의 지친 몸을 이끌고 숙소인 청운장 여관에 들어갔다. 여장을 풀고 식사를 한 우리들은 한자리에 모여서 예배를 드리고 6개방으로 분산하여 피곤한 몸을 쉬었다.

6월 6일 아침 8시 20분 과히 편치 못한 잠자리와 설익은 밥알에 약간은 여로의 고달픔을 맛보며 여관을 출발했다. 한국 대 불가리아의 축구 중계가 지금 한창이다.

차내에 있는 TV를 통해 열전하는 경기를 보며 누구 한 사람 관심 없는 자가 없다. 갑자기 환호성이 터져 나왔다. 우리팀의 7번 선수가 한 골을 넣은 것이다. 이로서 불가리아와 1:1 동점이 되었다.

언제부터 우리나라가 이같이 스포츠 국가가 되어가는가? 86아시안게임, 88올림픽을 앞두었으니 그럴만한 이유도 없진 않지만, 어린아이 어른 노인들에 이르기까지 가는 곳마다 스포츠, 스포츠….

내가 아는 어떤 선생의 아버지는 스포츠 중계를 보다가 너무 흥분하여 심장마비를 일으키고 돌아가셨다. 과연 생명을 바꿀만한 가치가 있을까? 언젠가 어느 신문의 칼럼에서 이런 기사를 읽었다.

"우리 선수가 잘한다고 해서 우리 국민 모두가 건강해지는 것은 아니다. 외채가 이같이 많은 우리 형편에 스포츠에다 이렇게 많은 투자를 하는 것이 이래도 되는가?" 어쨌든 차내에 있는 우리 여집사님들도 축구에 대해 많이도 아시는 것 같다.

오늘이 현충일이라서인가? 날씨는 슬픔과 수심에 잠긴 아낙의 얼굴 같다. TV에 정신이 없는 우리 식구들은 창밖에 거대한 올림픽 경기장이 스쳐 가는 것도 알지 못한다. 어제저녁 그 분주한 거리와는 달리 촉촉히 젖은 거리가 한산하다. 빌딩의 숲들도 조용하다. 서울의 모든 사람들이 동작동 국립묘지로 갔는가? 아

니면 공휴일인 오늘 집안에 박혀서 스포츠 중계에 정신이 없는
가? 잠수교를 뒤로 뒤로 보내며 8시 50분 축구경기도 끝났다.
1:1 동점인 채로….

여의도동 1번지 10만여평의 대지 위에 자리잡은 국회 의사당
을 돌아서 KBS 방송국에 들렀으나 시간이 맞지않아 거기도 마
당만 통과하고 5.16 광장을 보며 돌아나왔다.

여의도의 빌딩들은 아슬아슬하게 키를 겨누고 서 있다. 우리
나라가 아닌 어느 이국땅에 온 느낌이다.

"서울의 키가 언제 이렇게 커졌을까요?" K집사님의 말이다.
"이 빌딩들 이제 보기 싫증 나요, 싱싱한 진짜 숲이 보고 싶어
요" 정말 내 느낌도 그렇다. 싱싱한 자연의 숲이 그립다. 겨우 이
틀만에 눈이 아픈 듯이 느껴지는 이 빌딩의 숲속에 몸을 담고 사
는 서울 사람들의 느낌은 어떠할까? "집사님과 나는 생리적으로
이런 도회에서 못살 사람들인가 보죠?" 하고 말했다.

제 5한강 대교를 통과하여 국립묘지를 지나가는데 우산을 든
사람들의 모습이 열을 지어 지나간다. 룩색을 둘러맨 아이들은
아버지의 묘지를 찾아오는가?

남편의, 부모의, 형제의 묘지를 찾아 모여드는 사람들로 인해
차는 거리를 빠져나가지 못한다. 현충일 유족 수송 차량인 대형
버스가 줄을 지어 늘어서 있다.

죽은 사람은 말이 없다. 꽃과 음식을 저렇게 비를 맞으며 안고
가니 죽은 사람이 받을 것인가? 먹을 것인가…?

간신히 국립묘지를 빠져나온 우리 차는 쾌속하게 달렸다. 과

천 서울 대공원을 향하여 달리는 길가엔 각종 싱그러운 나무들이 촉촉히 내리는 빗방울을 맞으며 반짝거리고 있었다. 빌딩숲에서 눈이 피로해졌던 우리에게 시원함과 평온함을 안겨주는 이 전경-.

인간은 역시 흙에서 빚어진 고로 자연을 떠나서는 살 수가 없는가 보다.

과천 공원에서 온갖 식물과 동물 그리고 돌고래쇼를 보고 나오니 12시 30분 예정 시간보다 1시간 경과 되었다. 부근 터미널에서 요번 여행길 중에 가장 맛있게 먹었다고 생각되는 중식 (간단한 된장찌개에 불과했지만)을 마치고 나오니 1시 40분 우리는 용인 자연농원을 향하여 출발했다.

2시 20분에 도착하니 사람들로 인산인해를 이루었다. 장미 축제도 있었고 어린이 백일장도 있었다. 어제의 그 으스스한 땅굴과는 너무나 대조적인 모습들, 우리도 어린아이들처럼 4인승 기구에 올라타고 공중높이까지 올라갔다가 내려왔다.

말이 자연농원이지 이것은 자연농원이 아니고 인공 놀이터이다. 별명이 돈병철이라고 하는 이병철씨가 만들었다는 이 자연농원은 돈이 돈을 번다는 것을 다시 한번 실감 나게 해 주었다.

두 시간을 그곳에서 소모한 우리들은 4시에 그곳을 출발하여 경기도를 이별했다. 수안보 온천을 향한 차내에서 줄곧 즐거운 게임을 하고 장로님들의 명창을 들으며 L집사님의 재치 있는 사회로 저녁값을 벌었다.

온천을 하고 저녁식사를 하고나니, 8시 20분 창밖은 이미 저녁 땅거미가 내려지기 시작하여 어둑 어둑해져갔다. 각설이 촌 부근까지 내려왔을때 K집사님의 각설이 타령을 듣고 몰려오는 졸음을 억제하기 위해 손뼉 치고 찬송하며 안동시내로 접어드니 10시 20분 금요 기도회 시간 20분이 경과되었다.

장시간의 여행길에 피로가 엄습해 왔지만 우리는 제단 앞에 엎드려 분단된 조국의 통일과 민족의 화합을 위해 하나님께 뜨거운 간구를 드리고 우리 기독인의 사명을 새삼 깊이 확인하면서 간절한 기도회를 마치고 집으로 돌아오니 시곗바늘은 자정을 가리키고 있었다.

어리석음과 순진함

며칠 전 우리 집에 낯선 이름의 편지 한 통이 날아왔다.

낯선 이름이라서 별 관심 없이 던져두었다가 하루가 지난 후 우연히 뜯어보게 되었다. 거기엔 깨끗하고 얌전한 글씨체로 구구절절이 애절한 자기 집의 딱한 사정을 호소한 어느 소녀의 호소문이 쓰여져 있었다.

그의 아버지는 69년도에 파월 장병으로서 맹호부대에서 최말단 소총수로 복역하다가 71년 귀국, 76년에 결혼하여 세 자녀를 낳았는데 그 아버지가 이름 모를 이상한 증세의 피부병을 앓게 되었는데 그것이 소위 고엽제라는 병이었고 그 자녀들까지 그 병이 유전되어 말할 수 없는 고통을 당하고 있고 그 어머니는 아버지를 간호하다가 뇌졸중으로 쓰러져 오른쪽이 마비되어 누워 있다는 것이다.

고등학교를 졸업한 그녀가 간신히 회사에 다니며 번 돈으로 집안 식구들 생계를 유지했는데 그녀가 나가던 회사가 IMF로 인하여 부도가 나는 바람에 월급 한 푼도 못 받고 온 집안이 굶어 죽게 되었고, 게다가 아버지가 4년 전에 융자를 100만원 받았는데 이자를 한 푼도 갚지를 못하자 독촉장이 계속 날아 오다가 이젠 강제집행 통고까지 왔다고 했다.

끼니거리가 없어서 다세대 주택의 옆방 할머니가 보다 못해

라면 한 상자 준 것으로 매일 끼니를 이어 오다가 그것도 바닥이 났으니 제발 불쌍히 여기시고 라면 두 상자만 보내 주서서 자기가 친구의 소개로 어떤 사무실에 취직되어 며칠 후부터 출근하게 되었으니 첫 월급 탈 때까지만 먹을 수 있게 해달라는 간절한 편지였다. 그리고는 자기 아버지의 이름으로 된 신한은행 계좌번호를 적어 두었다. 어느 누가 이 글을 보고 단 한번이라도 의심을 해볼 수 있을까? 가슴이 뭉클했던 나는 잠시도 지체할 수 없었다.

당장 텔레뱅킹으로 10만원을 보내 주었다. 그리고 마음으로 기도했다. "부디 그 가족을 불쌍히 여겨주세요." 하고…. 나는 이 이야기를 아무에게도 말하지 않으려고 생각했다. 저녁에 목사님이 교회에서 돌아오셨다. 그 시간에 마침 TV에서는 사랑의 리퀘스트를 하고 있었다. 가엾고 불쌍한 사람들이 왜 이렇게 많을까? 우리는 함께 한탄하다가 문득 그 편지가 생각이 나서 내가 돈 10만원 보냈다는 말을 빼고 이런 편지가 왔네요 하고 편지를 보여 드렸다. 목사님께서 편지를 펼쳐 보시더니 "아, 이거 교회에도 왔었어. 그런데 그거 거짓말이야. 부 교역자를 통하여 세밀히 찾아보고 알아보았는데 그것 거짓말이고, 그러한 사람 없고 계좌번호도 서울이래." 나는 가슴이 쿵 하고 내려 앉았다.

이럴 수가 또 내가 속았구나. 그러나 목사님께는 돈 부쳤다는 말을 할 수가 없었다.

내가 어리석은 사람인가, 순진한 사람인가?

지금부터 45년 전에 나는 이런 식으로 속아서 나의 어린 가슴에 크게 상처를 받은 일이 있었다.

내가 대학교에 들어가서 1학년 2학기 때였다.

고등학교 졸업 후 1년 동안 직장생활을 하다가 너무 공부가 하고 싶어서 부모님의 반대를 무릅쓰고 어렵게 학교에 입학했다. 가정교사를 하면서 학교에서는 노동 장학생을 신청하여 남들이 친구들과 놀고 있는 사이 나는 강의실을 청소하며 부끄러움도 무릅썼다. 나는 기어코 대학교수가 되리라는 꿈을 가지고 열심히 일하고 공부하였다.

그러던 중 연말 시험이 닥쳐왔다.

시험공부 하기에 여념이 없고 바쁜데 별로 친숙함이 없는 피아노과 4학년 언니 한 사람이 내게 와서 자기가 교양과목을 시험쳐야 하는데 두 과목이 같은 시간에 들어서 교수님께 사정을 이야기했으니 나에게 자기 시험지에 이름만이라도 적어 달라는 것이었다.

교수님께 허락받았으니 아무 문제도 없다고 강조하여 말했기 때문에 나는 아무 생각 없이 그렇게 하겠노라고 말하고 그 시간에 시험지를 받았다. 행여나 이름을 잊어버릴세라, 그 사람을 잘 모르는 터였기 때문에 그 이름부터 답안지에 기재해 놓고 시험 문제를 훑어 내려갔다. 한참 후에 서무과에서 직원 한 사람이 등록금 입금 여부를 보느라고 내 책상까지 왔다. 그는 시험지에 쓰인 이름을 한번 보고 내 얼굴을 한 번 보고 몇 번 그렇게 하더니 나갔다.

그 이튿날이 되었다. 학교 현관 게시판에 별난 광고가 붙었는지 사람들이 그곳에서 웅성웅성 했다. 무슨 일인가 하고 나도 가 보았더니, 이럴 수가…. 청천벽력 같은 대문짝만한 글씨가 내 눈앞에 나타났다. '박정숙, 김순자 대리 시험문제로 전과목 실격'이라고 쓰여 있었다. 내가 꿈에라도 생각했을까? 눈앞이 캄캄했던 나는 나의 나머지 시험도 치를 수가 없었다. 나를 잘 아는 언니 한 사람이 내게 말했다. "순자야 이 바보야, 등록금 물어내라고 해라." 어떤 사람은 나를 비웃었다. 나는 아무 말도 못했다. 박정숙, 그 사람은 끝내 나를 한번도 찾아주지 않았고 나도 그를 만날 생각도 아니했다.

다만 너무 억울하여 학장님을 찾아갔었다. 전후 사정을 이야기했는데 그 학장님은 내 말은 귀담아듣지 않고 오히려 한술 더 떠서 나를 돈 받고 시험 쳐 준 사람으로 오해하며 호되게 꾸중만 하였다. 나는 교무처장님을 찾아갔다. 그 교수님은 나의 사정을 너무나 딱하게 여겨 백방으로 애를 쓰며 교수님들과 의논하여 보았지만, 학교의 규칙 때문에 너무나 안 되었다고 여러 가지로 동정해서 위로해 주셨다.

나중에 알고 보니 박정숙, 그는 불량 학생이었다. 그때 나는 모든 의욕을 잃었었다. 따라서 교수가 되겠다던 꿈도 잃어버렸다. 사람에 대한 신뢰도 떨어졌고 학교에 대한 신뢰 역시 떨어졌다. 박정숙, 그는 내게, 그것도 아무것도 모르는 후배에게 거짓말을 하였고, 그의 거짓말이 죄 없는 한 사람의 뜨거운 향학열을 무참히 꺾어 버렸다. 그 시절 나는 어리석음인지 순진함 인지 모를 자기의 성격 때문에 그렇게 당하였고, 그 후 45년이란 긴 세월을 세상과 더불어 살면서도 아직도 세상을 의심할줄 모른다.
앞으로도 또 어떤 묘한 속임수가 나를 공격해 올 것인가?
하나님이 내 어리석음을 불쌍히 여기시길 바랄 뿐이다.

갱년기의 문턱에서

거울을 본다
항상 보아도 똑같은 나의 얼굴.
그러나 요즈음은 더 자주 보는 것 같다

주름살이 생겼나?
아니 다행히도 아직은 주름살은 없어
피부가 거칠어졌나?
아니 오히려 전보다 더욱 고와졌는데

그러나 그보다 더욱 소중하게 여기는 것은 내 눈,
내 눈 모습이 얼마나 아름답게 생겼는가가 아니다
내 눈동자가 살았는가, 죽었는가이다

언젠가 5학년짜리 둘째가 중1의 제 언니보고 "언니 얼굴엔 죽은
것이 있어."라고 말했다. 깜짝 놀라 제 언니가 "뭐라구? 내 얼굴
에 뭐가 죽었어?" 하고 되묻자 '죽은깨'라고 해서 가족들이 한바
탕 웃은 일이 있었지만 사실 나에겐 피곤한 생활 속에서 곤두박
질하듯 살아가는 동안 내 눈동자가 죽을까봐 가장 걱정이 많다.
　눈동자에는 내 꿈이 서려 있기 때문이다.

내 꿈이 죽음은 바로 내 눈동자가 죽는 것이다.

40이 다 되었는데 꿈은 무슨 꿈이냐? 혹여 반문할 사람도 있겠지만 그러나 누가 만약 그렇게 묻는다면 나는 분명히 말할 것이다.

"당신은 죽었구려 꿈을 잃었다니…. 이는 껍데기뿐인 허수아비에 불과하지요."

사춘기 시절이나 갱년기의 문턱에 선 지금이나 나에겐 항상 꿈이 있다. 그 꿈이 무어냐고 굳이 묻는다면 무어라고 대답할까? 더 풍요한 인생의 종결이라고 해야 하나, 바꾸어 말한다면 내 생의 마지막 결산이 소담스런 열매로 주절 주절이 맺히는 것이다.

사춘기 시절의 내 꿈은 성악가가 되는 것이었다. 수많은 군중들 앞에서 박수갈채를 받을 자신을 그려보며 매혹적이며 품위 있는 음성으로 세계의 무대를 주름잡는 상상의 날개를 편 적이 얼마나 많았는지 모른다. "내 사전에 불가능이란 단어는 없다." 라고 말한 나폴레옹처럼 모든 것은 가능할 것 같았고 하나도 두려운 것이라곤 없었다. 항상 엄청나게 큰 꿈을 간직했고 그 꿈의 공상은 끝이 없었다. 그런 나를 보고 어떤 목사님께서는 "하늘에다 턱을 걸려 하는 사람"이라고 말씀하셨다.

우직하고 참으로 철없던 시절의 꿈. 돌이켜보면 하나도 이루어진 것은 없지만 그 미련은 아직도 남아 있어 음악에 대한 내 마음은 항상 뿌듯하고 부풀어 있는 듯하다. 그때 그 시절엔 이같이 막연하게 크기만한 꿈이었지만 지금은 하루하루의 생활을 기쁘나 슬프나 깊이 음미하면서 내 꿈의 형태를 희미하게나마 그

려간다.

해는 날마다 뜨고 지고 하며, 꽃은 해마다 제철이 되면 피고 지고 하지만, 그 밝은 햇빛과 아름답고 향기로운 꽃을 대하는 내 마음은 지난해보다 올해가, 어제보다 오늘이, 더욱 의미가 깊어 진다. 내 육체의 연륜은 갱년기의 문턱에 섰다고 하지 만 내 마음은 더욱 싱그럽고 푸르러 간다. 인간과 사물에 대한 애정, 누구나 붙잡고 대화를 나누고 싶고 부담 없이 웃고 즐기고 싶은 마음, 꾸밈없이 내 것을 자랑하며 남의 것을 구경하고 싶음은 어쩐 일인가? 너와 나 사이에 막혀진 담을 헐고 가슴 뿌듯한 정을 나누고 싶은 마음은 어쩐 일인가?

풀 한 포기 나무 한 그루, 눈물 콧물 흘리며 찢어지게 울어대는 어떤 못난 아기의 모습까지에도 가슴 따뜻하게 젖어오는 사랑을 느낀다.

갱년기를 누가 늙어가는 시초라고 하는가? 그것은 껍데기일 뿐, 마음은 더욱 5월의 녹음처럼 짙어만 가고 인생의 그윽한 향취는 무르익어 가는 것이리라.

덧없이 흘러가는 시간들을 안타깝게 바라보며 더 알차게, 또 보람있게 살아야겠다는 간절한 염원은 그 자체가 어쩔 수 없이 조석으로 밀려오는 피곤과 더불어 이른바 갱년기의 문턱인가 싶다.

가을의 문전^{門前}에서

불과 며칠 전만 해도 무섭게 내리쏟던 폭염으로 이 땅에서 영원히 여름이란 존재가 물러가지 않을 것 같은 착각에 빠져 마음과 몸을 흐느적거리며 살았건만 세월의 바퀴는 한 치도 어김없이 그 정한 시간에 여름을 배웅하고, 사계절의 여왕처럼 품위 있고 풍요롭고 우아한 가을은 귀뚜라미들의 종횡무진한 대 합창을 서곡으로 맞아들이고 있다.

가을이 오면 해마다 그랬듯이 이 가을을 어떻게 맞으며 어떻게 보낼 것인가? 이미 옛이야기가 되어 버린 나의 꽃다운 청춘 시절엔 멋모르고 이 계절이 즐거웠었다.

소슬바람에 긴 머리카락을 하늘거리며 황금빛 들판 길을 끝없는 상념에 빠져 걷던 시절….

귀뚜라미 울던 긴 밤을 지칠 줄 모르고 책을 읽으며 하얗게 뜬 눈으로 지새우던 밤, 이빨이 파랗게 멍들도록 햇사과를 깨물며 친구들이랑 결혼 이야기로 가슴을 울렁이던 정오의 과수원 뜨락.

그때 그 시절엔 가을이 오면 으레 영글은 열매들이 우리의 집 안에, 그리고 나의 가슴속에도 풍성히 쌓이리라 믿었고, 또 그렇게 되었다.

그래서 그 시절엔 즐거운 가을만 영원히 연속되리라 생각했었고, 늙고 나약해서 떨어지는 낙엽의 탄식 소리를 듣지 못했다.

어느 사이 세월의 수레바퀴가 나를 인생 중턱의 고갯마루를 넘겨 놓자 푸른 사과를 빨갛게 물들이던 그 따가운 태양빛은 나의 검은 머리카락을 한 올씩 두 올씩 눈부신 은 빛깔로 염색해 놓고 간다.

내 소중한 인생의 연륜이 가을의 문턱에 들어선 것이다. 자의에 의한 것이 아니언만 이렇다 할 뚜렷한 결실 없이 반을 훨씬 넘게 삼켜버린 나의 가을들. 내 어머님만큼이나 세월을 더 산다면 손꼽아 스무 번 남짓 남았을 이 아깝고 소중한 가을을 어떻게 맞으며 보내야 하나?

이 가을에 나는 힘에 지나친 것을 나 자신에게 바라진 않으리라. 그러나 게을러지거나 나태해지도록 나 자신을 놓아두진 않을 것이다.

하나님이 내게 주신 달란트를 완벽하게 갑절을 남기지는 못할지라도 그것을 땅에 묻어두는 한 달란트 받은 게으름뱅이는 절대 되지 않으리라.

나는 친구를 위하여 목숨을 바치는 사랑은 하지 못할지라도 내 이웃에게 진정한 친구가 되기를 애쓰며, 그에게 사랑의 눈길 주기를 게을리 않을 것이며, 내가 도움을 베풀어야 할 자가 없는가 살펴보기를 쉬지 않을 것이며, 행여 나 자신이 나의 이웃에게 폐를 끼치는 자리에 있게 될까봐 전전긍긍하리라. 내 이웃 중에 누가 나를 싫어하며 미워하거나 투기할지라도 용서하는 아름다운 마음을 키울 것이며, 내게 배당된 불합리한 억울함이 있을지라도 불평하거나 짜증을 내는 어리석음을 나타내지 않을 것이며, 또한 자기의 잘못을 정당화시키는 비굴한 생각은 않으리라.

나는 이 시대의 사조를 따라 가슴을 부풀리는 허영스런 여편

네가 되지 않을 것이며, 내게 주어진 모든 것이 비록 만족하지 못할지라도 항상 감사하는 마음을 아끼지 않으리라.

날이 갈수록 늘어나는 흰 머리카락과 거칠어지고 주름져 가는 피부의 노화에 대해 탄식하지도 안타까워하지도 않을 것이며, 오히려 천국으로 한 발자국이라도 더 가까이 가게됨에 소망을 높이리라.

이 가을엔 매일 매일 성실과 정직과 겸허로 세월의 오라기를 엮어 갈 것이며, 내가 뿌린 것보다 더 많은 열매를 바라는 무례함은 범치 않으리라.

그리고 무지와 아집의 덩이에서, 외식과 가증의 껍질에서 내 작은 영혼이 자유로워지기를 한없이 사모하리라.

아! 이 가을에 내 가난한 염원 중에 지극히 작은 것 하나라도 이루어질 수 있다면, 옛날처럼 반짝이는 즐거움은 없을지라도 흐르는 낙엽의 탄식 소리에 눈물 지우지 않으련만….

가장 소중한 것 사랑주기 운동

무섭도록 내리쏟던 폭염이 한풀 꺾였나 싶다.

살갗을 스치는 바람의 감각이 약간은 서늘한 느낌을 준다. 새벽의 고요를 깨뜨리고 귓전을 요란스럽게 두들겨 대는 귀뚜리의 합창들은 가을의 연락병인 양 다투어가며 목청을 돋군다. 자칫 찌는 듯한 더위에 익사할 뻔했던 나의 흩어지고 나약해지고 안일에 빠졌던 감성들에게 이제 다시 생기를 주입시켜 사랑과 기쁨을 생성케 하며 나 자신에게나 나의 이웃에게 그리고 모든 인류에게 행복을 선사하는 아름다움을 갖게 해야겠다.

사실상 나 아닌 다른 사람에게 행복을 선사한다는 것은 남에게 줄 수 있다는 그것 자체 때문에 나는 벌써 행복에 젖어 있다는 것이 된다. 이렇게 되면 행복을 생산하는 것은 과히 어려운 것이 아니리라.

따지고 보면 인간의 가치라는 것이 어디에 있겠는가? '주는 것이 받는 것보다 더욱 복되다'는 하나님의 말씀에 비추어 보면 정말 남에게 얼마나 많은 것을 줄 수 있느냐에 따라 그의 인간의 가치의 경중이 달려 있을 것이다.

자칫 우리는 많이 받은 자를 향하여 "참 복되기도 하우." 라는 착각에 빠질 때가 있다. 사실상 받아야 할 자는 어린아이, 불구자, 노약자 등인데도 말이다.

여기에서 우리는 '준다'는 것에 대한 개념을 다시 한번 생각해 보자. 그리고 주는 것이 비해 받는 것이 더 많은데 대한 부끄러움도 생각해 보아야겠다.

하나님이 사람을 만드셨을 때 아마 틀림없이 받는 것보다는 주는 것이 더욱 많은 쪽으로 인간을 만드셨으리라 믿는다. 왜냐면 주는 것이 받는 것보다 더 복되다 하셨으니 그는 의로우신고로 인류를 더욱 복된 쪽으로 만드신 것은 틀림없을 것이다.

준다는 것이 무어냐? 내가 너에게 줄 만한 것이 무엇이냐? "내게 금과 은은 없거니와 내게 있는 것으로 네게 주노니 곧 나사렛 예수 그리스도의 이름으로 걸어라." (행 3:6) 이것은 성경 말씀에 나오는 예수님의 제자 베드로와 요한이 미문에 앉은 앉은뱅이에게 준 것이다.

몇 푼의 은, 금보다 얼마나 더 큰 것을 주었는가에 대해 우리는 너무도 잘 안다. 오늘 우리는 무엇으로 내 이웃에게 줄까? 바로 이것이다. 내게 있는 것으로 주면 된다. 내게 있는것 그것이 무엇이냐? 오늘날 주머니와 주머니 사이에, 이 은행에서 저 은행 사이로 수많은 돈이 휴지처럼 날아다닐지라도 그것이 내 손아귀에 없으면 나는 은, 금으로 남에게 베풀 수 없다. 그러나 나를 조성하신 하나님이 무궁무진하게 베풀어 주신 공기처럼, 물처럼, 주어도 주어도 다함이 없는 가능성이 내 속에 있다. 그것은 곧 사랑이다.

나는 남에게 사랑을 줄 수 있다. 다정한 말 한마디, 따뜻한 눈길 한번을 통하여 서로 남에게 많은 기쁨을, 용기를, 그래서 행복을 선사할 수 있다. 오늘 우리는 이것에 대해서 얼마나 인색한지 모른다. 우리가 주어야 할 사랑의 대상은 무한히 많다. 어린아이, 노약자, 장애인은 물론 이려니와 세상 욕심에 젖어 자기로 인해 얼마나 많은 사람이 희생되고 있는가를 깨닫지 못하는 고급 맹인들은 더욱더 불쌍한 부류에 속하는 사람들이다. 그들을 위하여 우리는 인내와 용서의 사랑을 베풀어야 할 것이며 짓밟힘을 받고 처절한 원한과 복수심에 불타고 있는 가련한 자들을 위해 더욱더 열심히 십자가에 돌아가신 그리스도의 사랑을 가르쳐 주며 전해주는 사랑을 베풀어야 할 것이다. 내가 사랑을 베풀어 줌으로 나에게 오는 행복감은 실천해 보지 않고는 모를 것이다. 실제로 남에게 사랑을 베풀어서 얻은 행복감이나 또는 사랑을 받아서 행복해지는 이 모든 행복은 하나의 추상적인 영적, 정신적 의미에서의 행복뿐 아니라 그것을 느낄 때 육체적으로 많은 유익이 온다고 한다. 의학박사 이상구 박사의 말씀을 빌리면 사람이 기뻐하거나 감사하거나, 행복해질 때 오른쪽 뇌에서 "엔돌핀"이란 기쁨의 호르몬이 나온다고 한다. 이것은 암을 예방하고 질병을 예방하는 T임파구를 즐겁게 하여 암을 실제로 보유하고 있는 자도 이 방법으로 물리칠 수가 있다고 한다. 일소일소一笑一少란 말이 있고 일노일노一怒一老란 말이 있다. 한번 웃으면 웃은 만큼 젊어지고 한번 노하면 그만큼 늙어진다는 이 말은 슬기로운 우리네 조상들로부터 전해 내려 온 속담이라 할까?

우리는 성경을 통하여 또는 모든 매스컴을 통하여서 우리가 얼마나 사랑의 실천자가 되어야 한다는 것을 많이 듣고 많이 깨닫는다. 그러나 항상 이 일을 실천함에 있어서는 나 아닌 누가, 또는 어느 부류의 사람들이, 아니면 때가 되면 이러한 막 연한 생각으로 마치 사랑을 실천함은 어느 특수한 경우에만 있는 것으로 착각할 때가 많다. 혹은 물질적인 도움만이 사랑의 실행이라고... 주는 사람도 받는 사람도 함께 생각하기 쉽다. 물론 그것을 부정할 수는 없겠지만 굳이 전부라고 할 수도 없겠다. 왜냐하면 돈 없고 값 없어도 우리는 서로 사랑을 주고 또 받을 수 있기 때문이다.

만약 우리의 오장육부를 사랑으로 가득 채워 입에서 나오는 말, 눈에서 나오는 빛, 얼굴의 표정 할 것 없이 사랑이 넘쳐흘러 우리의 근방에 오기만 해도 사랑의 감화를 받지 않고는 안 될 그런 사람이 될 수 있다면, 행복은 바로 내가 선 자리에서부터 만들어지며 남에게도 무수히 줄 수 있게 될 것이다.

사랑을 내 속에 채움이 그리 쉬운 일은 아니겠지만 우리는 인류의 죄를 대신해서 십자가에 달려 죽기까지 사랑을 실천하신 예수 그리스도를 바라보고 그를 배우며 그를 본받기 위해 부단히 노력해야 할 것이다.

ㄱ ㅣ ㅇ ㅓ ㄷ ㅏ

　ㄹ ㅡ 　ㄷ

　　ㄹ

ㅇ ㅣ ㅅ ㅐ ㅇ ㅓ ㄷ ㅏ

　ㄴ 　ㅇ ㅡ 　ㄷ

　　　ㄹ

길을 걷다, 인생을 걷다

/

1960년대 시詩

1980년대 산문散文

2002년대 시詩

2008년대 수필隨筆

2008년대 시詩

2020년대 시詩

2020년대 수필隨筆

조기술 선교사

인도네시아 구릿빛 섬나라에
그는 생명의 사신으로 갔다

작열하는 뙤약볕 아래
20년을 오가며 부르짖은 오열! 오늘날
오천 영혼을 생명선에 태웠다

누가
그를 향해 돌을 던지랴?

아직도 굶주린 영혼을 향해
불타는 그의 가슴을
하늘도 알고 땅도 알고…

황혼은 비록 서서히 다가와도
붉은 노을은 더 뜨겁게 타오르니
짓궂은 저녁 땅거미도
저만큼 발 멈추어 선다

황혼의 빛

나는 황혼의 빛으로 산다
뜨거운 젊음 넘치는 정열을
한낮의 뙤약볕에 불태우고
남은 부스러기 붉은 노을에 곰삭여
이젠 평화로운 황혼의 빛으로 산다

한때는 외로워 사랑이 그리워
눈물로 한밤을 지새었고
거울에 비친 내 못난 모습이
마음 저리도록 서러웠지만
이젠 미운 것도 고운 것도 한 묶음으로 붉은 노을에 곰삭여
고요한 황혼의 빛으로 산다

때로는 가슴 벅찬 기쁨과 숨막히던 슬픔이
널을 뛰듯 오가며 내 젊음을 엮어갔지만
이젠
붉은 노을 그 저물어 가는 여명餘命에 곰삭여
아름다운 황혼의 빛으로 산다

초로 初老

내 의식은
아직도 푸른 풀밭을 사슴처럼 뛰노는데
지나가는 아이들은
나를 보고 할머니라고 한다
애써
머리를 염색하고 높은 구두를 신었건만
그들은 역시
나를 할머니라고 부른다

무정한 세월이
어느덧 초로初老의 문턱에 나를 데리고 와 버렸지만
나는 왜 이리도
이 연륜을 거부하고 싶은가?

내 의지의 강은
푸르고 청청하여
온갖 고기들이 노닐기에 부족함이 없건만
버스를 타면 젊은 사람들은
내게 자리를 양보한다

공경해서인가? 동정해서인가?
어떤 의미에서거나
마음은 슬프게 아려 오는데…
꿀꺽 침을 삼키듯

내 현실現實을 삼켜 버리고 나는 다시 새롭게
내 목표를 향하여 전진한다. 뜀박질한다

푸른 들판을 무대로 하여
힘찬 솔로를 부른다

찢어진 부채

남편이 찢어진 부채에다 정형 수술을 가했다
너덜거리는 부분을 잘라내고
비슷한 색깔의 다른 종이를 오려서
스카치 테잎으로 붙이고 몇 겹으로 얽어메어
제법 본래의 모습 비슷하게 수선해 놓았다

궁상스럽기도 하다고 나는 속으로 핀잔을 주었지만
사용해 보니 제법 제구실을 했다
쓰레기통에 버려도 아깝지 않을 보잘것없는 부채 하나도
이렇게 정성을 들이니 그 가치를 찾게 되는데
인격이 있고 감성이 있는 인간에게 우리의 관심은 어떤가?

불량 청소년
쓰레기 같은 인간이라고 질책만 하지 말고
따뜻한 마음 부드러운 손길로
그들에게 정형 수술을 가한다면…
우리의 기대는 어떨까?

60세 수연을 맞으며

60년 전 이날에 내가 태어났다
귀하지도 귀엽지도 못한 농가農家※의 넷째 딸로….
엄마가 그 무거운 몸으로 보리타작하다가
간신히 들어가서 낳았다 했다

그렇게도 고대하던 아들이 아니고 또 딸이었으니
엄마의 가슴에 얼마나 설움과 한탄을 주었을꼬?
죽이고 싶도록 미웠었겠지?

나는 그렇게
엄마의 가슴을 멍들게 하면서 태어났다

날 때부터 미움을 받아서인가?
나는 왜 그렇게도 엄마의 사랑이 그리워
언제나 그 치맛자락을 놓지 못했을까?

어떤 날 다섯 살쯤 되었던 나는
모내기하러 가던 엄마를 기어코 따라가다가

무지무지하게 매 맞았다
오십오년이 지난 오늘도 그때 그 장면은 생생하게 기억난다
그리운 어머니 보고 싶은 어머니
엄마 손에 그 매라도 한 번 더 맞아 보았으면…
오늘 엄마의 육십세는 왜 이리도 기억나지 않는가?

그때 내 나이는 이십대 중반이었으리라
내가 그렇게도 엄마에게 무심했단 말인가?
전혀 기억조차 못 하는 것을 보면 나는 아무것도 못 해 드렸다

불효막심한 딸
오늘 내 아들과 딸들에게 극진한 생신 축하를 받고보니
지금에사 엄마의 환갑이 생각난다.
하지만 그는 돌아오지 못할 길로 가셨고
내가 축하드릴 길은 없다

칠 남매 키우느라 무지무지 고생만 하고 가신 엄마
내 육십 평생 삶을 통해 몇 퍼센트쯤 그를 생각했으며
그에게 따뜻한 관심을 기울였던가?

그래도 그는 돌아가시던 그 날까지
단 한 번도 섭섭하다는 말씀도 내색도 안하셨다

지병으로 인하여 고통당하시던 어머님을 바라보며
이것이 인생이려니 어머니의 인생이려니, 그렇게 생각하며
나는 또 얼마나 비굴하게 자위하며 살아왔던고?

오늘 자격 없는 내가 아들딸들에게 대접받고 인사받고 보니
부끄러운 자책감을 뼈에 사무치게 느낀다
엄마가 날 사랑했던 그 숭고한 희생과 헌신에 비하면
나의 자식을 향한 사랑의 무게는 깃털처럼 가벼운 것이리라

이제 얼마나 남았을지 모르는 나의 나머지 인생이라도
조금쯤은 엄마를 기억하며 그의 교훈을 생각해야겠고
또한 나의 자식들을 위한 나의 교훈을 다듬으며 살리라

아들의 웃음

그것은
내 가슴에
밀물처럼 밀려오는 희열이었다

또한
가슴 깊은 곳에 가라앉은
근심과 고뇌의 앙금을 긁어내어
흘러내리는 물에 씻어 버리는 작업이었다

어쩌면
광활한 평원에
기쁨의 씨앗을 하염없이 뿌려대는 순간이었을지도…

너의 웃음이 이토록
세월의 짜투리로 인해 좁혀져 가는 엄마의 가슴에
싱그러운 산소를 공급하고
벅찬 기쁨의 활력소를 제공하는
지극히 생산적인 작업이었음을
아들아! 너는 아느냐!

그러므로 내 아들아!
이 땅의 모든 아들들아!
엄마의 가슴 앞에 웃음 좀 자주 다오

머리에 면류관이 없을 지라도
손에 탐스런 예물이 없을지라도
너의 꾸밈없는 애정 어린 웃음
그 환한 웃음만으로도
엄마의 가슴은
이 세상 모든 엄마들의 가난한 가슴은
소박한 행복을 만끽 하겠거늘…

엄마

내 딸이 엄마가 되었을 때
기쁨보다 차라리 가슴이 저렸다

나와 내 어머니와
어머니의 어머니가 그랬듯이
너도 어느 사이
엄마의 멍에를 짊어지게 되었구나

안고 업고
손발이 닳도록 키우는 것이 고생스러워서이겠느냐?
아플 때 대신 아파주지 못하고
슬플 때 대신 슬퍼 주지 못하는 엄마의 마음
그 뼈저리게 안타까운 엄마의 멍에를
이제부터 너도 짊어지게 되었구나

"엄마, 우리 아들 예쁘지?"
죽음의 터널을 지나온 딸이
함박꽃 같은 얼굴을 하고
엄마에게 아들을 자랑했을 때
"그래, 니새끼 정말 예쁘다"
내 가슴에도 함박꽃 같은 웃음이 번져왔다

35주년 결혼 기념일

당신과 나
얼굴 마주 보며 앉은 세월 35년
그 귀티 나던 생생한 얼굴이
이와같이 구겨질 줄 생각이나 했으리오

검은 머릿결
오뉴월 물결치는 보리밭의
진녹색 바다처럼 싱그럽더니
어느새
백색 서릿발이 귓부리에 쌓였구려

귓전에 깔깔대던 새끼들의 웃음소리
그때가 어제였나, 그제였나…
날개 달은 새끼들 뿔뿔이 날아가고
휑하니 빈 둥지에 우리 둘만 남았다.

오늘도 당신과 나
둥근 밥상에 마주 보며
긴긴 세월 꿈처럼 삼키고
처음 만났던 그 날처럼
그렇게 비둘기 같이 앉았구려

당신의 무게

오늘따라 당신의 무게가
어쩌면 이리도 절실한지
예사로 보내버린 세월이
너무나 아깝고 소중해
남은 세월
하루를 이틀로 살 생각이외다

아들도 딸도
다들 내 곁에서 멀리 떠나가 버린 지금
당신처럼 소중한 이 내게 없는데
그때는 왜 그리도 그 꾸중이 싫었을까?

좁쌀같이
자질구레하게 생각했던 잔소리가
오히려 요즈음은 기다려지는 마음입니다

옛날에도 그 옛날에도
당신은
나에게 소중했던 사람
오늘따라 더더욱 소중해짐은
아무래도 내 둘레가
이같이 가난해진 까닭인가 보오

복권 福券

복권 한 장
주머니에서 사업계획을 한다.

나는 10억짜리 1등에 당선된다.
1억은 하나님께 드리고
1억은 불우이웃돕기 성금하고
1억은 가난한 형제들께 나누어 주고…

그래도 남은 7억
아담한 내 집 한 채 마련하리라
방을 여러 개 만들어 시집간 아들딸 불러 놓고
왁자지껄 옛날처럼 살고지고
손자 손녀 재롱 보며 행복한 인생이 되고지고

드디어 복권 추첨하는 날
가슴 졸이며 기다리는데
꽝꽝꽝… 마침내 추첨은 끝

헌금도 달아나고
성금도 달아나고
고마워하는 형제들의 얼굴도 달아나고
아담한 내 집은 와르르 무너졌네
손자 손녀들의 재롱 소리는
먼먼 하늘 저편으로 바람처럼 사라졌네
가엾은 구겨진 복권 한 장
애꿎은 쓰레기통으로 내동댕이쳐졌다

잃어버린 세월

그것은 잃어버린 세월이었다.

사랑해야 할 때 미워했던 것
감사해야 할 때 원망했던 것
순종해야 할 때 거역했던 것
그것은 모두 잃어버린 세월이었다

지금이라도 행여
내 세월의 수레바퀴를 되돌릴 수 있다면
나는
사랑하리라
감사하리라
순종하리라

분노가 활화산 같이 들끓어도
나는
오히려 미소를 보이리라.

이 가을엔 열매를

이 가을엔 열매를 맺게 하소서
이젠
낙엽 지는 그 구슬픈 소리로 인하여
더이상 눈물 흘리지 말게 하소서

어릴 땐 의미도 모르면서
우수수 벌거숭이가 되어 가는
외로운 나무를 보며 눈물 흘렸습니다

장성해서는
그 용기 넘치던 검푸른 잎들이
붉은색으로 노란색으로 맥없이 퇴색 되어가는 모습에
가슴 뭉클함을 느꼈습니다

그러나
이 가을엔 울지 않으렵니다.
낙엽 떨어지는 소리에 귀 기울이지 않으렵니다.
나를 나약하게 만드는 그 감성을 저만큼 뒤로 던지고
열매를 맺기에 분주 하렵니다

사랑과 희락과 화평과 오래 참음…
그가 기뻐하실 그 열매들을 주절 주절이 맺혀
그에게 드릴 날을 기다리렵니다

어떤 인생 $人生$

찌는 듯이 무더운 어느 여름 날
나는
저물어 가는 한 어른을 방문했습니다.
독립유공자로 80년이란 긴 세월을 나라와 민족을 위하여
씨와 날로 엮어온 그의 역사는
한 폭의 찬란한 저녁노을처럼 아름다웠지만
그는 오히려
더 보람있게 가치 있게 살지 못했음을 한탄했습니다

보다 더 주님을 위하여 살지 못했음을 목메어 고백할 때
숭고하고 고매한 그의 인격에
나는 머리를 숙였습니다

이 땅에
수억만의 발자국들이
세월의 강을 밟고 지나가건만
과연 자신의 발자취를 돌아보는 이가 얼마나 될까?

덕과 인내로 자신을 연마한

겸손한 한 백발의 인생 앞에서
나는 저절로
자신의 인생을 돌아보게 되었습니다

사계四季

내 조국祖國의 사계四季는 어찌 이리 아름다운지요
꽃 피는 봄은 따뜻해서 아름답고
비 오는 여름은 시원해서 아름답다

오곡백과가 영그는
그 계절 가을은
어쩌면 그리도 화려한 무도회처럼 아름다워
산과 들이 원색으로 가득 찬다

겨울
엄마처럼 따뜻한 정다운 고향의 아랫목은
구수한 군밤 냄새로 먼먼 옛날이야기 꽃 피우고
밤사이 소리없이 내린 눈은
온 천하를 천국의 색깔로 수 놓았다

내 조국祖國
아름다운 내 조국의 봄은
꽃향기로 가슴을 열어 희망을 씨 뿌리게 하고
뙤약볕 눈부신 여름은

비와 온기로 산과 들을 자라게 한다

가을은 농부들의 노래
들판 가득히 출렁이는 물결이
살찐 송아지들의 합창이 된다

솜이불이 그리운 그 겨울엔
딸랑이는 구세군의 자선냄비가
행인들의 사랑을 준비하고
포장마차 정다운 불빛 사이로 긴긴 겨울밤이 익어간다

내 조국은 이토록
사계가 뚜렷한 아름다운 궁전宮殿
흰옷 입은 백성들이 그곳에서 산다
손에 손잡고 그곳에서 산다

고향

고향

내 어릴 적 고향은 사과의 고장
오월이면
사슴처럼 풀밭을 뒹굴며 사과꽃 향기로 목욕했다

창고엔 가득한 능금의 형제들
그 달콤한 냄새는
아버지의 풋풋한 냄새와 함께 내 몸의 세포가 되었다

탱자나무 울타리 밖에는 아름다운 금호강
붉은 노을이 강물에 드리우면
우리는 물장구를 치며 노래를 불렀다

잿빛 땅거미가
스물스물 서녘 하늘 위로 기어오를 때쯤
어른들은 분주스레 농기구를 챙기고
단발머리 언니와 나는 달구지 위에 탔다
덜커덩 대던 그 우차길은

어쩌면 그리도 험상궂었는지 그래도 우리는 재미만 났다

그리운 내 고향
사과향기 감미롭던 정다운 고장
지금은 그 사과밭도 그 저녁 노을도
아버지의 싱그러운 냄새와 함께 멀리멀리 사라져 버리고
희미한 추억만이
영원히 내 가슴 속에 아름다운 향수로 머물고 있다

2002년 어버이날에

부모의 가슴에
카네이션 달아드린 때가
어제인냥 눈에 삼삼한데
오늘
그 정다운 가슴은 어디 갔는가?

불러도 불러도 대답없는
그리운 그 이름 엄마 아버지

마음 저리게 보고파
빛바랜 사진 한 장 찾아낸다

울어 눈물 흘려
정다운 그 얼굴 다시 볼 수 있다면
내 속에 담긴 모든 물을
눈물로 바꾸어 쏟아 놓으련만
그것이 모두
부질없는 한갓 허왕된 상념이라
차라리 접어두고 눈물씻고 나를 보니

내가 어느 사이 가슴에 꽃 다는 그 자리에 섰다

먼 먼 후일
무정한 세월이 사정없이 흐르고 나면
내 자식들도 또 눈물 뿌리며 그렇게 말하겠지
카네이션 달아드릴 부모님
그 정다운 가슴은 어디에 갔는가…

낙서

비 오는 날에
나 혼자서 그리고 싶은 낙서
아무렇게나 마음 내키는 대로 써 갈긴다

말이 되건 말건 상관치 않는다
쓰고 싶을 땐 그저 이렇게 쓰는 것이
나의 즐거움의 한 부분이다

금 달걀을 낳을 수도 있고
옥비녀를 만들 수도 있으며
저 푸른 초장 위에 그림 같은 집인들 어찌 짓지 못할쏘냐?

아무 방해꾼 없는
이 자유로운 지면 위에서
나는 끝없는 행복을 만끽한다

때로는

때로는
아무리 자유스런 세상에서 산다지만
남의 생각 속에
자신의 인격이 어떻게 새겨져 있는지
한 번쯤은
생각해 볼 필요가 있지 않을까?
아무리 타인의 관심을
무시하는 시대가 왔다고 해도
때로는
그들의 인상 속에 영원히 남아 있을 나의 인상을
한 번쯤은
다듬어 둘 필요가 있지 않을까?

때로는
아무런 인연도 관계도 없는
그저 오며 가며 스쳐지는 이웃일지라도
한 번쯤은
내 마음의 눈을 떠서
그들의 마음을 읽어 볼 필요가 있지 않을까?

때로는
한 하늘을 이고, 한 땅을 밟으며
같은 모양을 하고 사는 우리 모두를
한 번쯤은 형제이거니…
사랑의 눈으로 바라볼 필요가 있지 않을까?

때가 되면

형제여!

해가 산 너머 갔다고 서러워하지 마오
밝은 달이 중천에 저처럼 떠 있지 않소

낮이 가면 밤이 오고
밤이 가면 또 낮이 오듯이
인생살이 돌고 도는 것이 다 그런 것이 아니오

지금 어둡다고
아직은 그리 절망할 필요는 없소
이 밤이 지나면 반드시 아침은 또 오는 것을…

기다리노라면
웃음이 떼를 지어 몰려올 날도 있으리라

햇빛이 없으면 달빛으로
달빛도 없어지면 별빛으로라도
마음을 달래며 삽시다그려

때가 되면
영원히 밤이 없는 그 찬란한 아침이
슬픔과 고통은 꿈에나 본 듯 오직 기쁨만을 동반하고
반드시 우리에게 온다는 것을

생각만 해도 마음이 설레이지 않소?
그러므로 우리
잠시 머무는 이곳에서
너무 아웅다웅 맙시다그려

내 앉은 자리가 꽃자리려니
그렇게 마음 편히 삽시다그려

하루 이틀 지나고
때가 되면
그 찬란한 아침은 기어코 오고야 말테니…

덕유산 계곡

덕유산 계곡

첫 딸이 시집가던 날
그리 바쁠 것도 없건만
괜시리 오며 가며 부산을 떨었다

목적 없이 물건을 집었다 놓았다
장롱을 몇 번이고 열었다 닫았다 하며…
시간은 왜 그리도 빨리 가는지
허기진 마음을 달랠 겨를도 없었다

곱게 단장한 딸을 차에 태우고
육십령 고갯길을 천릿길인 양 힘겹게 넘어

멀고 먼 함양 땅
낯설은 고장에다
사랑하는 딸을 떼어 놓고
돌아오는 텅 빈 차 안에서
그와 나는 한마디의 말도 없었다

그의 눈에 맺힌 이슬
나의 눈에 고인 눈물은
덕유산 계곡의 저 싸늘한 물만큼이나
가슴에 가득 찼다

부디 잘 살아라
부디 행복하여라
소리 없는 기도와 염원만이
우리의 가슴에
끝없이 메아리쳤다

사랑하는 자여

내가 당신을 생각할 때마다
이리 마음이 아픔이 어쩜이뇨
무엇을 해야 할지를 알지 못하여
전전긍긍 하나이다

하늘이 끝에서 저 끝까지
내 모든 소유 다 준다 할지라도
내 드리고픔이 다할 것인가?

그러므로 내 사랑하는 자여
오히려
이 한 마디만
사랑하노라고 가슴 저리게 사랑하노라고…

내 숨결이 닿는 모든 공간마다
물보라 되어 번져가고
메아리 되어 날아와서
당신을 감싸줄 이 한 마디
사랑하노라고…

사진

아침에 눈을 뜨면
눈에 익은 넉 장의 사진
침대 머리맡에서 앞다투어 눈길을 끈다

아버지를 꼭 닮은 딸을
그들이 또 닮아
말하지 않아도 그들은 내 남편의 손자가 된다

남편의 딸
딸의 아들인고로 더욱 사랑스러운가?

하루를 오가며 백번 천번 보아도
싫어지지 않는 얼굴들
그들로 인하여 내 가슴엔 웃음꽃이 가득
그것은 절대로 거짓말이 아니다

먼먼 옛날부터
우리는 사랑스런 한 가족이었음을
사진만을 보아서도 안다

정情이 고파

당신이 나를 향하여 말씀하실 땐
딱 한 번만 생각해 주세요
행여나 앙금이 남지 않을까 한 번만 더 생각해 주세요

나는 정이 고파
그 허기진 가슴을 눈물로 메웠다오

당신의 차가운 눈빛만 보아도
내 눈물의 가슴은 파도가 친답니다

당신이 행여나 나를 불쌍히 여기거든
내 얼굴 앞에
작은 미소 한 조각 보내 주세요

나는 금방
콧노래를 부르며
행복한 한 마리 작은 새가 되오리다

사랑이라는 이름

나는
사랑이란 두 글자를
차마 내 입에 담지 못합니다
그러기엔
내 입술이 너무 추하고 부끄럽습니다
내 속에
단 한 조각의 욕심이라도 붙어 있는 한
그것은 거짓이기 때문입니다.

사랑을 한다면
그것은 주는 것
단 한 마디의 돌아오는 대가가 없어도
아낌없이
내 양심의 전부를 송두리째 내어 주는 것

차마 당신처럼
피와 물을 다 쏟아주진 못할지라도
위하여 굶주려 보고 헐벗어 본다면
천만분지 일의 흉내라도 내게 되는 것일는지

그러길래 나는
사랑한다는 말을
차마 내 입에 담지 못합니다

숭고하고 고귀한 두 글자에
행여 흠집이라도 내게 될까봐
나는 차마
그 이름을 내 입에 담지 못합니다

부활의 아침

엊그제
당신께서 그 모진 고통 받으시고 죽으셨던 날에
천지는 어두웠고
사망의 음침한 그늘이
내 마음과 내 온누리를 캄캄하게 물들였나이다

나는
원망과 미움과 탄식의
검은 드레스에 얽매여서 기쁨과 사랑의 단어를 잃어버리고
암혈의 굴속에서 헤매고 다녔지요
그것은 긴긴 흑암의 터널이었습니다

그렇게
저주스럽던 인고의 밤은 지나고
어두움의 세력을 몰아내는 여명의 빛이
하늘 저 끝에서 서서히 다가오며
차츰차츰 찬란한 빛으로 내 주위를 밝혔습니다

마침내

내 가슴은 내 심령은
격동하는 기쁨으로 가득 찼습니다
주님 다시 사셨기 때문입니다

당신의 부활로 세상은 환해졌고
그 생명의 빛은
내 속에 온갖 욕심의 누더기를 태우고
미움과 질시와 거짓과 원망
그리고
모진 고통과 슬픔을 죽이고
오직 믿음과 사랑의 찬란한 기쁨만을 주셨습니다

이제 살아났습니다
주님 사심과 같이 나도 살았습니다.
이것은 정녕
거짓된 입술의 말장난이 아닙니다
신랑으로 다시 오실 당신의 앞에
한 점 부끄러움 없이 바쳐 드릴 나의 믿음입니다

나를 맞으러 오실 그날까지
이 순백의 믿음 갖고
다시는 어두움이 없는 광활한 기쁨의 풀밭에서
어린 사슴같이 뛰놀렵니다

나는 오직
당신만을 손꼽아 기다리는
어여쁘고 순결한 신부이므로…

내가 행복할 때

이마에 땀이 흐를 때
솔솔 부는 바람 한 점
나는 너로 인하여 행복하다

목말라 애타 할 때
시원한 냉수 한 컵
너로 인하여도 나는 행복하다

그러나 그보다
가장 내가 행복한 것
나를 향하여
미소 짓는 얼굴을 보는 것

만나면 반가운 사람

마음을 훤하게 한다
부담 없이 즐겁게 한다
주고받은 선물이 없어도
그저 보기만 해도 마음이 기뻐진다

손잡고 싶은 사람
웃음 보내고 싶은 사람
그가 따뜻한즉 나도 따뜻해지고 싶은 사람
눈길만 닿아도 정다워 지는 사람
나도 그를 닮고 싶어지는 사람

그런 사람들과
한 하늘을 이고 살고 싶다
지금…

부부 싸움

당신과 나 사이
한 뼘 옆에 누었건만
어쩌면 이리도 천리만리에 있는 듯 까마득할까?

함께 덮은 명주 솜이불
봄날같이 포근하기만 한데
우리의 공기는
폭풍전야처럼 음산하기만 하다

손 내밀면 잡힐 듯 안타까운 마음
서로 천만 근 무거운 자존심에 짓눌려
소중한 순간을 빼앗겨 버린다

돌아누우면 남이라고 말들 한다만
오늘 우리 서로 어찌 이리 차가운지
다정했던 순간들은 꿈에 본 듯 희미하다

화끈하게 주고받은 것 없이
그저 덤덤하게 보낸 세월이나
그도 이젠 남은 것이 너무나 적어
아웅다웅 다투지 말고
도란도란 정답게 살자고
수없이 다짐하고 또 다짐했건만

오늘도 여전히
허공을 잡는 한갓 헛된 꿈으로
아까운 세월만 비웃으며 간다

어떤 독백

봄볕같이 따스한 미소로
내게 다가오던 그 눈길이
얼음장같이 싸늘한 조소로 내 가슴을 찔러와도
내가 그를 원망할 수 없음은
그 책임이 내게 있음이라

울어 울어
뉘우침과 회개로 밤을 지새웁니다

내가
손뼉 치며 즐거이 외쳤던 한 마디가
태산 같은 근심으로
메아리 되어 돌아옵니다.
나는 입이 있어도
내 입의 말이 금지되어 있음을 미처 몰랐습니다.
내가 발이 있어도
내 걸음의 한계가 제한되어 있었음을
행여 꿈에라도 생각했으리오

그러므로 나는
창살 없는 감옥에서
끝없는 날갯짓으로 혼자 허우적거리는
자신의 모습을 이제야 발견했습니다
그러면 내가 어떻게 하리이까?
벙어리 되고, 장님 되고, 귀머거리가 되어
영원한 어두움 속에서 소멸되리이까?
나를 조성하신 고마우신 그분이
차마 나를 그렇게 만들었으리오?
너는 사람의 소리를 듣지 말라
너는 사람의 행동을 보지 말라
너는 사람들과 엉키어 말하지 말라
그분의 세미한 소리가 나를 흔들어 깨웁니다
너는 오직 나만 보아라
내 소리만 들어라. 내게만 말하라
내가 너와 함께 있음을 너는 잊었느냐?
죽었던 내 심장은 다시 뜀박질하고
소멸 되어 가던 내 의식은
활화산 되어 타오릅니다

세상이 아무도 나를 반겨주지 않아도
나는
기댈 곳이 있고 안길 곳이 있고
얼굴 부비며 응석 부릴 곳이 있습니다
마침내 나는
그로 인하여 웃음을 찾고 행복을 찾았습니다

십자가 十字架

너는
자기 십자가를 지고 나를 따를지니라

나의 십자가가
타인으로 인하여 주어지는 줄 알았습니다
그래서
기어코 참아야지 기어코 견뎌야지 이겨야지

그러므로
내가 십자가를 지는 것이
얼마나 큰 공로인 줄 생각했습니다

그러나
이제사 깨닫고 보니 내게 지워진 십자가는
바로 나 자신의 성품의 결함이었습니다

내가 참으면 되었고
내가 이해하면 되었고
내가 사랑하면 되었을 것을…

언제나 그 책임을 타인에게 돌렸으니
내 성품의 결함은 가히 태산만큼이나 컸습니다

내 가슴이 바다같이 넓었다면
내 이해심이 하늘만큼 높았다면
돌을 던져도 잠잠했으리라
침을 뱉어도 묵묵했으리라

내 대신 십자가를 지신
한이 없는 주님의 그 크신 사랑을
진정코 티끌만큼도 깨닫지 못한 나는
어이타 주님의 자녀라고 할 수 있었을런지
부끄러움에 부끄러움에 견딜 수 없어 눈물 흘립니다
오! 주님
당신이 나를 보신다면
나의 이 못난 모습을 보신다면
노하실까 미워하실까?
그래도 내 눈에 비친 당신의 모습은
인자한 미소 모습입니다

1960년대 시詩

1980년대 산문散文

2002년대 시詩

2008년대 수필隨筆

2008년대 시詩

2020년대 시詩

2020년대 수필隨筆

가을 산책 1

여류 화가회 회원들과 함께 모처럼의 나들이를 했다.

가을이 무르익어 가고 있는 황금빛 논밭을 끼고 짙은 녹색으로 뒤덮인 산자락들은 바야흐로 단풍을 맞을 준비를 하는 듯 갈색으로 자주색으로 한 발자국씩 다가서고 있었다.

저마다 온갖 색깔의 톤으로 재잘거리는 소리들이 볏가리에서, 논두렁에서, 나무 이파리들 사이에서 귀를 간질이는 듯한 느낌으로 내 가슴을 파고들었다.

내 귀에만 들리는가? 다른 사람들의 귀에도 들리는가? 어쨌든 나는 이 만물들의 만족한 듯, 즐거운 듯한 소리에 가슴 벅찬 느낌을 받으며 인간의 마음에서 창출된 세상의 시끄러운 소리들에서 잠시나마 탈출한 현재의 자신이 행복했다. 문득 어느 선배의 입에서 똑같은 말이 나왔다.

"지금 이곳에 있는 우리들은 얼마나 행복한 사람들이냐?" 그의 생각과 나의 생각이 일치했을까? 정말 우리는 일상생활 속에서 얼마나 답답하고 시끄러운 소리에 갇혀 사는가? 발달된 시대의 매스컴의 덕분으로 온 세상의 소식들을 순식간에 접하는 것은 좋지만, 어찌 그리도 아름답고 고운 소리는 없어지고, 답답하고 짜증나는 소리, 무서운 소식들만 우리 귀에 차고 넘치는가?

어느 곳이든지 사람이 모이는 곳이면 괴로운 소리는 차고도 넘친다. 제발 이제부터는 아름다운 소식, 기분이 좋은 소식, 행복한 소식들만 들려왔으면….

　이 가을, 아늑하고 평화로운 자연의 품속에서 잠시 느껴보는 싱그럽고 풍미로운 행복감이 영원히 지속되었으면….

가을 산책 2

어느 햇빛 찬란한 가을날, 친애하는 사람들과 함께 단풍이 발갛고 노랗게 물들은 아름다운 산길을 걸었습니다.

비좁은 듯 빽빽이 들어선 나무들은 제각기 자기의 옷매무새를 자랑하듯 둥근 얼굴, 길쭉한 얼굴, 뾰족한 얼굴들을 빨갛고 노랗게, 고동색으로 아니면 감색의 홍조를 띄우며 우리를 맞아 주었습니다.

나의 친애하는 이들은 탄성을 지르며 그 아름다운 자태를 감상했습니다.

문득, 가을 스산한 바람 한 점이 우리 머리칼을 휘날리며 지나가자 예쁘게 물들었던 단풍 몇 잎이 힘없이 우수수 떨어졌습니다. 그때 잎을 떨어뜨린 그 나무가 나에게 속삭이듯 말했습니다.

"너는 아무렇지도 않느냐? 떨어지는 저 잎의 애닮은 신음소리가…?"

그는 다시 말했습니다.

'나도 한때는 저 바람 따위가 무섭지 않았어. 내 속에 힘찬 맥박이 울릴 때 나는 물을 빨아들이고, 저 찬란한 햇빛을 마시며 힘껏 산소를 내뿜고, 내 잎사귀는 반짝거리는 초록색으로 내 젊음을 과시했지. 내가 꽃을 피우고 열매를 맺어 저 산새들의 좋은 양식을 만들어 줄 때 그들은 모두 내 가지 위에서 노래하며 즐거

위했지. 이제 나는 너무 늙어 아무리 내가 열심히 노력해도 내 초록색은 빛을 잃고 노랗게 변해가고 마침내는 내게서 힘없이 떨어져 가고 있어. 이제 더 세찬 바람이 불어오면 내 사랑하는 잎들은 모두 내게서 떠나고 나는 앙상한 벌거숭이가 될거야. 그 땐 아무도 나를 찾아주지 않겠지?'

그는 침통한 어조로 내게 말했습니다.

그때 갑자기 나를 바라보던 그의 눈빛이 반짝거렸습니다.

'뭐야? 너랑 나랑 똑같잖아? 너의 머리는 반백, 너의 얼굴의 그 주름은 또 뭐야? 너도 어쩔 수 없이 가을을 맞았구나!'

'그래 나도 가을을 맞았어.' 맥없이 나는 대답했습니다.

'그러나 너의 가을과 나의 가을은 달라. 너는 봄이 오면 또 잎을 내고, 꽃을 피우고, 열매를 맺지만, 나에게는 돌아올 봄이 없어. 이 가을도 다시는 돌아올 수 없는 소중한 가을이야. 그래서 나는 너보다 더 아름답고, 더 찬란하게 이 가을을 꽃피울 거야. 내 진액을 다 바쳐서 마지막 열매를 익히우고 모든 이웃들에게 나누어 줄 거야. 최선을 다하여 화려하게 나의 무대를 장식할 거야. 다시는 돌아올 수 없는 가을이기 때문에…'

나는 혼자 중얼거렸습니다.

잔칫집과 초상집

책상 위에 가지런히 놓인 두 개의 봉투. 하나는 결혼축의금 봉투, 하나는 초상집에 보낼 조의금 봉투, 오늘 하루에 잔칫집과 초상집을 몇 시간 차이 두고 왕래해야 한다.

결혼주례와 장례주례를 하루에 치러야 할 남편은 아침에 빨간 넥타이와 검은 넥타이 두 개를 준비하고 나갔다. 웃음꽃이 피며 분주해질 잔칫집, 슬픔에 잠겨 무겁고 어두운 분위기의 초상집, 두 집들의 영상이 내 머리에 클로즈업된다.

30살 된 신부는 미래를 향한 꿈과 기대에 부풀어 행복에 찬 상기된 얼굴로 아름다운 면사포를 쓰고 있겠지. 68세로 이 세상을 끝맺은 어떤 어머니는 삼베로 된 수의에 싸여 땅속으로 들어갈 시간을 기다리고 있겠지? 삶은 무엇이며 죽음은 무엇일까…. 불과 약 40년 전에는 이 어머니도 면사포나 족두리를 쓰고 상기된 얼굴로 주례자의 앞에 서 있었으리.

오늘 면사포를 쓰고 상기된 얼굴로 서 있을 이 아름다운 신부도 불과 50년이 지나고 나면 이 수의를 준비하고 있지 않을까?

인생무상! 기쁨도 슬픔도 괴로움도 잠시 잠깐인걸. 그러나 어리석은 인생은 어쩔 수 없이 거기에 목을 매고 산다.

나도 그 사람들 중의 한 사람이건만, 마치 나에게는 영원히 죽음이란 것이 없을 것처럼 이것저것 계획을 짜고 꿈을 부풀리고…. 일생지계一生之計는 재어유在於幼하고 일년지계一年之計는 재어춘在於春하고 일일지계一日之計는 재어인在於幼寅이라 하며 그렇게 새벽을 깨우며 살아간다. 내 주위에 느닷없이 암의 진단을 받고 수술실로 들어간 40대의 젊은 자매들을 보면 덜컹 겁이란 것이 조금은 나기도 한다.

그러나 어쩔 것인가. 모든 것을 그분께 맡기고 담담히 살아갈 수밖에….

배움이라는 것

인생은 이 땅에 태어나는 그 순간부터 그 연수가 얼마나 되었든 간에 죽는 날까지 배움으로 출발하여 배움으로 끝나는 것이 아닐까 생각된다.

누가 얼마나 어떻게 배우느냐에 따라 훌륭한 사람, 나쁜 사람이 될 수 있겠고, 나 아닌 다른 사람, 더불어 살아가는 모든 이웃에게, 나아가서는 모든 인류에게 덕을 끼치느냐, 해를 끼치느냐를 가늠하게 될 것이다.

똑같이 주어지는 시간의 분량을 어떻게 활용했느냐에 따라 학교에서는 우수한 학생, 불량한 학생이 판정되고, 사회에서는 우수한 시민, 불량한 시민이 되는 것이 아닐까?

우수와 불량의 척도를 절대로 경제나 명예나 인기에 두는 것은 아니다. 은밀한 의미에서 인간 사회에서는 결코 완벽한 척도가 없기 때문이다.

나의 의견으로는 〈진실과 거짓〉을 추천해 본다.

이 사회가 오직 진실로만 가득 찬다면 우리는 두려움 없이 살 수 있다. 누구를 미워할 필요도 없고, 도둑맞을까, 사기당할까 불안에 떨 필요도 없다. 오히려 서로 사랑하며 도우며 즐겁게 살 수 있지 않을까?

그곳이 바로 유토피아, 지상 낙원일 것이다.

그곳에는 눈물이 없고 슬픔이 없으며, 오직 기쁨과 번영과 평화만 있을 것이다. 이 진실의 척도가 높은 나라이면 그곳이 바로 신사의 나라이며 높은 수준의 문화의 나라이리라.

그러므로 우리는 배우되 진실을 배우며 그것으로 인격을 가꾸며, 실행하여 복된 국가, 사회를 이루어야 할 것이다.

시각의 차이와 생각의 차이

"엄마, 이것 좀 버리세요."

친정에 다니러 온 두 딸이 그릇장을 정리하며 이것저것 유행이 지난 사기그릇 유리그릇들을 박스에 하나 가득 꺼내어 놓고 "제발 이것 좀 버리고 새것으로 사용하세요" 한다.

그리고는 하는 말이 "우리가 가고 나면 다시 또 이것 제자리에 도로 갖다 놓지 마세요." 했다.

딸들이 자기 집으로 떠나고 그 그릇들을 보니 금이 간 것도 없고 이가 빠진 것도 없어 이렇게 멀쩡한데 왜 버리라고 할까? 혼자 갸우뚱하며 내가 보기에도 정말 오래된 것 제쳐내고 이것저것 아깝다고 몇 개를 고르고 보니 거진 삼 분의 일쯤은 제자리로 돌아왔다.

아이들의 말을 생각하며 혼자 쓴웃음이 나왔다. 그들과 나의 시각 차이가 무엇일까?

나는 그래도 아름다운 것을 추구하는 화가가 아닌가? 색상을 보나 모양을 보나 과히 이 시대에 뒤떨어지지 않는다고 자부하는 나의 시각이 그들과 무엇이 다르길래….

이것은 시각의 차이가 아니다. 생각의 차이일 게다.

속사정이야 어떠하든 간에 눈만 뜨면 무엇이든지 풍족하게 보이는 이 시대, 카드 하나만 있으면 나중에야 어찌하든 지금 당장 무엇이든지 구입 할 수 있는 이 시대를 살아가는 젊은이들과 가난을 옷 입듯이 입고 봄만 되면 보릿고개를 면치 못했던 그 배고픈 시절을 뼈저리게 체험하며 잔뼈가 굵어 왔던 우리들과의 생각이 같을 수가 있을까?

아파트 앞에 멀쩡한 소파, 장롱들이 버려져 있는 것을 보면 말로는 차마 표현치 않지만 아까운 생각이 드는 것이 한두가지가 아니다. 뿐만이냐, 식당에서 어쩌다 외식 한번 하게 되면 먹다 남은 음식 모두 다 내버리게 된다는데 아깝다는 차원을 지나 죄책감이 느껴질 정도이다. 먹지 못해 굶주리는 인생이 이 지구상에 얼마나 많은가? 바로 우리 민족인 이북 동포들이 그렇게 굶어 죽어 간다 하지 않는가?

언제부터 우리가 이같이 사치스러운 생활을 하며 살아왔을까? 근검절약을 외치며 살아왔던 시대가 바로 엊그제 같은데 이 시대의 삶은 너무나 뜬구름 속에서 언제 소낙비로 쏟아져 버릴지 모르는 불안에 파묻혀 사는 것 같다.

지나온 과거를 생각하며 또 앞으로 언제 다가올지 모르는 경제난을 생각하며 자신도 모르게 궁색과 절약에 길들여진 인격, 남들이 보면 궁상맞다고 할지 모르지만 나는 아직도 구멍이 난 양말을 기워 신고 싶어지고 낡은 내의를 한 번쯤은 기워입고 싶어진다.

버리고 새로 사면 되지 뭐….

언제나 새것 새로운 맛에 초점이 맞추어지는 우리네 젊은이들을 바라보며 너무나 급속히 변해가는 이 시대의 상황에 마음으

로부터 밀려오는 어떤 형용치 못할 불안감을 금치 못한다. 내가
옳은가? 그들이 옳은가?

소매치기

어느 날 오후 늦게 나는 장바구니를 들고 시장으로 갔다 황혼 녘의 시장 바닥은 사람과 사람의 물결로 득시글거렸다.

고기 냄새, 채소 냄새, 사람 냄새, 온갖 냄새들은 모두 한데 섞여 그야말로 문자 그대로의 생활 냄새가 풍겼다. 나는 사람들과 몸을 부대끼며 그들의 틈으로 끼어 들어갔다.

그런데 그때 선뜻 내 옆을 누군가가 스쳐 가는가 싶더니 어느 사이에 하나의 손이 나의 호주머니로 들어왔다. 나는 엉겁결에 그 손을 뿌리치며 그 손의 주인공을 쳐다보았다. 15세나 되었을까? 아래위로 흰옷을 입은 한 소년이 손을 움츠리며 겸연쩍은 듯이 서 있었다. 나는 그의 얼굴을 바라보았다.

그리 밉지 않게 생긴 둥그스름한 얼굴이었다. 나와 그 소년의 두 눈이 서로 마주쳤다. 그리고 좀처럼 시선들이 바뀌지 않았다. 소년의 얼굴엔 표현하기 어려운 어떤 복잡한 감정이 얽혀 있는 성싶었다. 목적을 달성하지 못하여 분하면서도 어딘가 수치스러운 감정이 깃든 얼굴이랄까. 아니면 미안하고 두렵고 하여 어쩔 줄 몰라 당황한 마음의 표현이 담겨 있다고 할까? 여하튼 그의 시선은 나에게서 돌려지질 않았다. 어떤 까닭일까?

너무도 당황한 나머지 나를 바라보지 않으려 해도 자기도 모르게 저절로 자꾸만 바라보게 되는지 모를 일이었다. 나는 문득 그에게 미소를 던져주고 싶어졌다. 그리고 나서 그의 행동의 변화를 지켜보고 싶어졌다. 아니나 다를까 나의 미소를 받은 그의 얼굴은 순식간에 붉게 물들여지면서 급히 시선을 돌렸다. 그리고 그는 꿈에서 깬 듯 후딱 비좁은 사람들의 틈 속으로 재빨리 사라져갔다.

　나도 제정신으로 돌아와서 양배추, 양파, 오이 등의 채소와 또 이것저것들을 바구니에 가득 사들고 그 비좁은 시장 바닥에서 헤어 나왔다. 탁 트인 한길로 접어들면서 비로소 나는 아까 그 소매치기 소년에 대해 생각을 했다.

　대체 내가 어쩌자고 그 소년에게 미소를 보내 주었단 말인가? 차라리 화라도 내어 그 소년의 얼굴이 그렇게 붉어지지 않도록 해주었다면 그것이 오히려 그 소년을 위해 다정한 일이 아니었을까?

　생각해 보면 그렇게 쉽사리 얼굴이 붉어질 수 있다는 것만도 아직은 그의 마음이 순진하다는 증거인지 모른다. 그렇다면 어째서 소년은 그 순진한 양심을 무시하면서 그러한 행동을 취하지 않으면 안 되었을까?

　반드시 자그마한 동기가 있을 것이었다. 말할 수 없는 궁핍에 부닥쳐 도저히 견디어 내기 어려운 일을 당했을 때 그는 어쩌다 남의 주머니를 털어야겠다고 생각했을지도 모른다. 그래서 그는 큰마음을 먹고 이 사람이 들끓는 시장으로 나와 가장 최초에 내가 걸려들었는지 모를 일이었다.

　지금 소년은 어떠한 생각을 하고 있을까? 다시금 다른 사람에게 또 그 소매치기의 행동을 실현해 보겠다고 생각할까? 아니면 그 마음을 뉘우치고 방황하고 있을지 모른다. 양심과 육체의 부르짖음에서 어느 길을 택하여야 좋을지 몰라 분명 그는 방황하고 있는 것이 아닐까?

나는 문득 이 소년의 모든 행동과 모든 번민들이 바로 우리 인간 생활의 축소판이 아닐까 하고 느껴졌다. 정말 진정한 의미에서 은밀하게 따져 본다면 우리는 비록 이 소년처럼 그토록 유치하고 노골적이며 직접적인 행동으로 소매치기를 하고 있진 않다고 하더라도 우리의 생활은 모두 이 소매치기의 요소를 담뿍 지니고 있는 것이 아닐까?

우선 그 시장 바닥에만 가봐도 그렇다. 물건을 사고팔고 하는 사람들끼리 좀 더 비싸게 팔려는 사람이나 좀 더 싸게 사려는 사람이나 그들의 음성과 마음은 서로 상대방의 주머니를 넘겨 다보는 소매치기의 성분이 다분한 것이다. "비싸게 파니까 물건값을 깎아야지." 하는 마음씨나 응당히 듬뿍 깎아내릴 것을 계산하고 물건값을 훨씬 올려서 부르는 마음씨나 피장파장으로 아무 유익도 없는 결과를 가지고 오지만 서로 그 심사를 버리지 않으려는 것은 다분히 그 소매치기 사상이 포함되어 있다는 증거가 아닐까? 그것은 그렇고 또 한 가지의 소매치기 사상이 있다. 속이야 어떻건 슬쩍 겉만 잘 보이려는 얌체, 입에 발린 꿀과 아양으로 아부를 하여 인기를 살리려는 심사, 그거야 말할 것도 없이 가장 깊은 곳에 있는 인간의 마음마저 빼앗으려 는 지능적인 소매치기라고 말하지 않을 수 있을까?

그리고 또 한 가지는 우리에게도 그 소년과 같은 방황하는 입장에 놓은 문제점이 있다는 것이다. 그야 말할 것도 없이 양심을 따르느냐 욕심을 따르느냐의 두 갈래길이 바로 그것인 것이다. 그야 말할 것도 없이 양심을 따라야지…. 거의 대개가 그렇게 대답할 것이다. 그러나 은밀하게 따져본다면 모든 분야에서 우리는 참으로 이 자신의 양심이 가리키고 있는 지표를 향하여 똑바로 나가고 있다고 볼 수 있을까? 만약 그것을 긍정할 수 있다면 우리는 먼저 자신의 마음을 개방해야 할 것이었다.

자기가 자기를 믿듯이 남들을 믿고 의심하지 않으며 아무 거리낌 없는 정답고 사랑스런 행동을 상대방들에게 해야 할 것이었다. 그런데 왜 우리들의 주위의 현실은 그 선량한 양심과 정의와 사랑을 행하고자 하는 마음의 부르짖음과는 너무도 반대로 이토록 냉랭한 바람이 불며 제각기 보이지 않는 경계심과 적대시로서 서로의 사이에 높은 철조망들을 쌓아놓고만 있는 것일까?

인생 회고

수영을 갔다가 돌아오는 길에 수영장에서 운영하는 셔틀버스를
탔다.

내 손자 또래 되는 초등학교 2학년 아이 몇 명이 버스 안에서
재미있게 이야기를 하고 있었다. 남학생 하나가 여학생 둘에게
영혼이 어쩌고 저쩌고 하면서 만화 속에나 나올 법한 황당무계
한 이야기를 재미있어 죽겠다는 표정으로 이야기하고 있었다.

"얘들아, 영혼이 있는 것을 너희들은 믿냐?"

"예, 믿어요."

"너희들 교회에 나가느냐?"

"예, 나가요."

그 아이들은 나의 물음에 시큰둥하게 대답했고, 또 저희끼리
웃으며 재잘대고 있었다. 그 모습들이 너무나 귀여워, 손자들을
대하는 느낌으로, 또 말을 주고받고 싶어서 한마디 더 했다. "어
느 교회를 나가니?"

"집 앞에 있는 교회요."

귀찮아 죽겠다는 듯이 그렇게 내뱉었다. 그들은 나에게 눈길
도 주지 않는다. 나는 저희 세 명을 차례차례 바라보면서 예쁘고
사랑스러워 웃음까지 보내며 이야기하건만….

나는 순간 뇌리를 스치고 지나가는 섭섭한 어떤 느낌을 받았

다. 그것이 무엇이었을까?

그렇다. 할머니가 손자들에게 받는 푸대접, 내 손자들도 아닌데 무심코 흘려보낼 수 있는 감정의 자투리. 그래도 나는 이 자투리를 붙잡고, 생각에 생각을 거듭했다.

나도 분명히 그런 시절이 있었다. 할머니에 대한 무관심, 노인들에 대한 지극히 타당하다고 느꼈던 그 무가치, 내 눈에 비친 그들의 모습은 그저 늙어 주름 잡히고 허리 꼬부라지고 잔소리나 하는, 아름다움이라는 것은 찾아볼 수도 없는, 퇴색한 한 종류의 사람으로밖에….

그런데 지금 바로 그 노인의 길에 선 내 감정은 무엇인가? 내가 어린 시절에 생각했던 그 노인이 전혀 아니지 않은가? 내 감정은 퇴색하기는커녕 한 살씩 먹을 때마다 쌓여진 감정들이 더 가지각색의 총천연색을 하고 제각기 빛을 발하고 있다. 기쁜 감정, 미운 감정, 사랑스런 감정, 섭섭한 감정 등…. '몸은 이렇게 늙어도 마음은 늙지 않는다.'고 어른들이 그렇게 말씀하던 것이 정말 사실인가 보다.

그럼에도 표현치 않고 없는 것처럼 주름살 속에 감추고들 살고 있는 이유는 무엇일까? 오랜 세월 동안 갈고 닦이어 빚어진 인격의 표상일까? 젊은이보다 없는 것도 아닌데 오히려 더 많이 쌓여 있는데.

그곳에 인생의 미덕이 하나 더 있는데, 오히려 젊은이들에게 무시를 당한다. 그 이유가 무엇일까? 또 생각해 보았다. 유물론적 가치관으로 볼 때에 늙은이는 생산보다 소비가 더 많다. 생존

경쟁이 극심할수록 생산을 못 하고 소비만 하는 쪽은 도태되어 가기 마련이다. 그렇게만 따진다면 감정을 가진 인간으로서는 너무 삭막하다. 그러면 어쩔 것인가?

무시를 받지 않으려면 육신이 약하여 물질을 생산해 내지 못할지라도 정신적, 영적인 파워는 줄어들지 말아야 한다. 오히려 젊은이들을 이끌어 갈 수 있는 인격적 생산이 표출되어야 한다.

몸은 말을 안 들으니 할 수 없지만, 머리는 부지런히 회전시킬 수 있다. 늙으면 두뇌의 세포도 차츰 소멸되어 간다고 했던가? 그러면 감정을, 마음을 가지고 해보면 어떨까? 아름다운 감정으로 피곤한 젊은이들의 마음을 위로해 주고, 순화시켜 주고, 빛나고 보배로운 인격으로 가꾸어 줄 수 있다면….

지금은 정리할 때

몇 개월 전 나는 연로하신 주님의 여종을 통하여 귀한 선물을 받았다. 그것은 다목적으로 사용할 수 있는 냄비 세트였는데 정말 모양도 예쁘거니와 퍽 편리한 그릇이었다. 몇년 간이나 할부로 대금을 치르고 구입하신 것이다.

그에게는 정말 소중한 것이었고 또 값으로 따져도 꽤나 비싼 것으로 여겨졌다. 그런데 한 번도 본인은 써 보시지 않고 우리 막내딸의 결혼에 보탬이 되기를 바라시면서 손수 갖다주셨다. "이제 나는 서서히 모든 것을 정리하려고 해요."

이 한마디의 말씀을 곁들이시면서…. 슬하에 자식 하나 두지 못한 그분의 그 성의와 사랑에 콧날이 시큰해짐을 느끼면서 그의 말씀 "이제 나는 서서히 모든 것을 정리하려고 해요." 하시는 그 말씀에 다시 한번 눈시울이 뜨거워짐을 느꼈다.

흐르는 세월을 누가 붙잡을 수 있을까. 아무리 거부해도 나이는 먹어가고, 젊고 패기가 넘칠 때는 그 순간들이 영원히 지속되는 것으로 착각하고 언제나 스스로에게 속아 가면서 사는 것이 인생이 아닌가? 그래서 항상 더 좋은 것, 더 나은 것, 더 편리한 것, 더 아름다운 것을 꿈꾸며, 추구하며 이웃과 경쟁하며 하나라도 더 소유하려고 애쓰며 투쟁하는 우리네 인생.

나는 그렇지 않다고 누가 말할 수 있으랴? 전진하는 인생 누가 그를 비난할 것인가? 그것은 지극히 당연한 것이고 인생의 본능이다. 그러나 그 모든 것도 언젠가는 정리할 때가 온 다. 땅에서 살아 온 그 세월의 길이보다 하늘나라에 가야할 거리가 더 가깝다고 느껴질 때에, 이제는 정리해야 되겠다고 생각되어질 것이다.

아직은 젊다고 스스로 자위하는 나 자신이 과연 고귀한 연륜을 쌓으신 연로하신 그분들의 그 같은 느낌과 감정을 실감 나게 표현할 수 있을까? 조금은 건방진 태도가 아닐까 생각하면서도 감히 나는 이렇게도 생각해 본다.

인생을 정리한다는 것, 그것은 단지 연로하신 분에게만 해당하는 것일까? 사람이 꼭 나이가 많아야만 죽는다는 법이라도 있다면 우리는 천천히 여유작작하게 느긋이 살다가 때를 맞추어 인생의 정리라는 것을 하면 되겠지, 그러나 불행히도 이 세상은 그렇지가 않다.

자기 연수를 아는 이는 아무도 없다. 우리는 그것을 자타가 공인하면서도 자신만은 천년만년 살 것처럼 착각하고 있다. 어리석은 인생일 뿐이다.

현명하고 지혜로운 많은 분들은 그렇지 않을지 몰라도 나는 그렇다. 그래서 나는 그분의 말씀을 기억하면서 자신을 한번 점검해 보았다. 나의 인생의 정리는 어떻게 되어가고 있는가? 평소에 나는 사람이 깔끔하지를 못해서 언제나 정리 정돈을 제대로 하지 못하고 살 때가 많다. 갑자기 손님이라도 오시면 급행열차로 치우느라고 부산을 떤다. 그것을 보고 남편은 "손님이 자주

오시면 좋겠네" 하고 말씀하신다. 정말 언제나 정리하는 마음으로 산다는 것은 좋은 일인 것 같다. 깨끗하게 정돈된 공간에서 생활하는 것은 자신뿐 아니라 모든 이웃에게 상쾌함을 주는 것이니까, 얼마나 좋은 일인가? 우리는 또한 육체적인 삶의 공간만을 정리할 것이 아니라 도덕적, 윤리적, 인격적인 차원에서 모두가 각자 자신을 깨끗하게 정리하면서 산다면 오늘날 이 같은 범죄가 들끓는 세상은 초래되지 않았을 것이다. 한 걸음 더 나아가서 우리 주님을 믿는 자들의 영적 인격은 어느 정도 정리되어 가고 있는가? 나를 향한 하나님의 뜻은 이루어지고 있는가? 주께서 내게 부여하신 사명은 얼마나 완수해 가고 있는가? 내게 맡겨주신 자식들에 대한 책임은 어느 정도 했으며, 내가 살고 있는 이 나라와 사회를 위하여 어느 정도 기도했으며, 날이면 날마다 수많은 이웃들에게 행해야 할 사랑의 책임은 어느 정도 했는가? 나의 기준에 맞추지 아니하고 주님의 기준에 맞추어져서 만족할 만큼 이루어지는 그때에야 주님 나라에 부끄러움 없이 갈 수 있지 않을까? 생각해 볼 때 나는 언제나 마이너스이다.

그러면 어찌할꼬? 나는 언제나 전전긍긍한다.

"주여 나를 도와주소서. 지금이 바로 정리할 때인데 나는 너무나 부족하고 나약하나이다."

"나로 하여금 지혜로운 정리자가 되도록 도와주소서."

오직 기도할 뿐이다.

아름다운 것들

우리가 사는 이 세상에는 아름다운 것들이 하도 많다. 봄이 오니 산과 들, 아파트의 단장된 정원에까지 화려하게 피어있는 각양각색의 꽃들, 그 꽃들을 넘나들며 꿀을 먹고 꽃가루를 운반하는 나비들의 모습 하며…. 새들의 노래는 어떠한가?

그러나 오늘 나는 정말 아름다운 것을 보았다. 무심코 TV를 틀어보았더니 장애인 부부, 그것도 앞을 볼 수 없는 장님 부부가 아침마당에 출연하여 대담하는 것을 들었다.

그들의 이름을 나는 알지 못하지만 4명의 장애인 아닌 자녀들을 둔 부모로서 말할 수 없는 고생을 하며 키워 온 아이들에게 고생시켜서 미안하다는 말을 몇 번이나 되풀이했다.

자녀들은 또 그 부모님에게 너무나 고맙다는 표현을 했다. 남편이 아내에게 점자로 쓴 미안하고 고맙다는 편지를 더듬 더듬 읽을 때 나는 눈시울을 붉혔다. 그곳에 나와 있던 방청객들과 집에서 TV를 보던 시청자들도 역시 그랬을 것이다. 꽃과 샹데리아의 불빛으로 아름다움이 만연한 이 시대일지라도 사회의 곳곳에 윤리와 도덕은 땅에 떨어지고 명예와 물욕의 뒤안길에서 썩어 문드러진 악취로 인해 병들어 가는 세상, 낳아주고 키워 준 부모가 부모로 보이지 않고 유산을 물려줄 금고로 보이며, 가르쳐준 스승이 스승으로 보이지 않고, 자기 명예의 걸림돌로 보이는 세상.

　돈이라면 살인까지도 서슴치 않는 이 죄악들로 가득 찬 숨 막히는 세상에서 그들 부부의 가련하고 소박한 삶은, 그럼에도 서로 사랑하고 아끼며 미안해하는 그 마음의 아름다움은, 잠깐 피었다가 시들어 버리면 더욱 추해지는 꽃의 아름다움에 비교가될 것인가?

　세상 곳곳에서 이렇게 향기로운 아름다움이 조금씩이라도 피어난다면 어두워져 가는 이 세상도 언젠가는 밝은 아침을 기대해 볼 수 있지 않을까….

섞인다는 것

내가 40중반쯤 되었을까? 함께 어울리던 사람들 중의 어떤 분이 사람들의 얼굴에 대해서 말을 하다가 문득 나를 보며 말했다.

"사모님도 그만하면 섞일 만해요."

그때 나는 내심 불쾌했다. 자기의 외모가 그렇게 아름답지 못하다는 것을 스스로 인정하고 있는 터였지만, 남에게로부터 그렇게 노골적으로 도맷값으로 인정받고 푸대접 받는 것이 기분이 나빴던 것이다.

그런데, 요 몇 주 전 나는 내가 대중들에게 섞일 만한 위치에도 못 있었던 경우를 당했다. 어느 날 갑자기 내 입이 옆으로 돌아가고 한쪽 눈이 아래로 내려와 감기고 얼굴 전체가 비뚤어지는 '안면근육마비 현상'이 온 것이다. 입의 말은 어둔하였고 물을 마시면 한쪽으로 쏟아져 내렸다. 너무나 처참한 내 몰골에 당황하여 한의원에서 침을 맞고 양의원에서 주사를 맞고 물리치료를 받고 그래서 간신히 3주 정도 지나서 차츰 정상으로 돌아왔다. 그때의 내 심정이 어떠했던가? 그야말로 나는 사람들 틈에 섞일 수가 없었다.

손으로 입을 가리고 안경으로 눈을 가리고 그렇게 간신히 사람들의 눈을 피해 가면서 치료를 받으러 다녔다.

사람들에게 섞일 만하다는 것이 기분 나쁜 것이 아니고 축복

받은 것이구나. 나는 처음으로 그것을 느꼈다. 이 땅에는 얼마나 많은 장애인들이 있는가? 앞을 못 보는 장애인 상반신이나 하반신이 마비된 장애인 헤아릴 수 없는 여러 종류의 장애인들이 일반 사람들과 섞이기 어려운 상태에서 하루하루를 나아진다는 보장도 없이 살아가는 사람들이 너무나 많다.

그들이 모두 자기의 잘못으로 그렇게 된 것일까? 죄인도 아니면서 죄인처럼 살아가는 그들의 마음은 어떠할까? 애써 눈을 감으려고 해도 감기지 않을 때의 심정, 인간의 나약함이 말로 표현할 수 없건만 건강할 때는 전혀 자기가 제일 강한 줄 알고 살아간다.

이렇게 병으로 며칠을 허송세월 보내느라고 계획했던 모든 것이 엉망으로 되어 버렸지만 지금 생각하면 무엇이 나를 그렇게 바쁘고 피곤하게 했을까 싶어진다.

무엇을 위하여 무엇에 의하여 입이 비뚤어지도록 피곤하게 살았을까? 지난 3주간 동안 내 계획, 아무것도 하지 않아도 지금 이렇게 살아가고 있지 않은가? 아옹다옹 바쁘게 살아간다고 다 되는 것이 아니로구나 새삼스럽게 느낀다.

모든 것을 주님께 맡기고 그의 뜻대로 살기로 마음먹으니 이렇게 편안한 것을….

1960년대 시詩

1980년대 산문散文

2002년대 시詩

2008년대 수필隨筆

2008년대 시詩

2020년대 시詩

2020년대 수필隨筆

기도

먼지 가운데 살면서
먼지를 마시지 않기가 어쩌면 이리도 어려운지

흙탕물 속에 살면서
흙탕물을 마시지 않기가 어이 이리도 힘이 드는지

차라리 내가
먼지가 되었든지 흙탕물이 되었더라면
오히려 쉽게 살았으련만

오늘 이 몸일랑
당신의 형상으로 지음을 받았기에
먼지 나는 땅에서 산소만을 골라 마시기가
너무나도 어렵습니다

자칫하면 내가
먼지가 되려고도 하고
흙탕물이 되려고도 합니다.
나를 구름 저 위의 세상으로 이끌어 주옵소서

그리 아니 하실 적에
주어진 내 시간을 허무한테 빼앗기지 말고
근면과 성실로 가득 채우게 하시고

내 그릇에 부정직과 오만을 담지 말게 하시며
겸손과 온유와 순종으로 가득 채우게 하소서

내 인생의 시작과 끝이
불행과 슬픔으로 틈타지 말게 하시고
아름다움과 보람으로 가득차게 하소서

무심코

무심코 말한 것이
돌이켜 보니 자랑이 되었고
무심코 말한 것이
돌이켜 보니 남의 흉이 되었습니다

오 주여!
내 입술에 파수꾼을 세워 주소서

하루에도 수십 번 내 입술은
주님의 곁으로 날아갔다가
다시 이 어두운 세상으로 곤두박질합니다

내 혼자의 힘으로는
이 마음과 입술을 통제할 능력이 없어
오 주여! 다시 한번 주님께 간구합니다

내게서 이 인간의 냄새를 제거할 방법은 없사옵니까?
당신의 그 아름다운 나라에서만 살 수 있는 방법이
땅에서는 도무지 없사옵니까?

나를 이끌어 올려
내 마음을 이끌어 올려
당신의 옆에서만 있게 하옵소서

그 아름다운 곳만 보게 하옵시고
그 아름다운 소리만 듣게 하옵소서

오늘 이 천한 인생이 무슨 그리 아름다움이 있어서
당신의 긍휼을 바라겠습니까만
주인의 밥상에서 떨어지는 부스러기라도 먹기를
간절히 소망하는
배고픈 강아지의 심정으로

오 주여!
다시 당신께 간구하노니 나를 불쌍히 여기사
당신의 나라로 이끌어 올리소서

염원

페스탈로치처럼 못난 사람이라도 무방하다
위대한 인물이 될 수 있는 사람이면…
칭찬은 하나님께로부터 받아야 하는 것

인간의 비위를 맞추려고 잔머리를 굴리는
비겁한 인간은 내가 가장 싫어하는 것이다

진실하고 정직한 것처럼
용감하고 꿋꿋한 것처럼
자애롭고 인자한 것처럼
내 마음을 흡족케 하는 것은 없다.

내가 나를 남처럼 볼 수만 있다면
나의 값은 얼마큼 될까?

조잡한 인간들의 도매시장에
나를 내어놓고 흥정 받기는 싫다
좁고도 경박한 인간의 생각을 상대로
나의 값을 흥정 받기는 죽어도 싫다

아무도 날 보지 않아도 좋다
아무도 날 생각지 않아도 좋다

사랑과 평화가 있는 곳
온유와 겸손이 깃든 곳이면
비록 나를 붙잡아줄 다정한 손길이 없을지라도
나는 그곳에다 나의 방석을 깔리라
나를 영원으로 인도해줄 나의 보금자리를 만들리라

고희古稀를 맞은 남편

길고도 먼 한 평생을
'주' 바라기 인생으로
주저 없이 달려온 삶이
형설螢雪의 상아탑으로 아름답게 섰습니다

밤과 낮 가림 없이
주의 사랑 전하려고
고민하며 애 태웠던 인고忍苦의 세월…

백색 머리칼
가냘픈 어깨가
마음을 아리게 합니다

인생 고희古稀 칠십세
이제는 안식을 누릴 만도 하련만
아직도
죽임 당하신 어린 양을 차마 침묵하지 못해

안타깝게 외치는 애닯은 절규가
오늘 양들의 가슴에
사랑의 폭포수 되어 넘쳐흐릅니다.

언제쯤이면
못다 한 일 마무리하고
평안의 울타리로 돌아오는지
마음 졸이는 기다림입니다.

파수꾼

내게 있어
가장 소중한 것
내 의식을 잃어버리지 않는 것
내 심령이 허무한테 굴복하지 않는 것

헛된 욕심
미련한 생각
어리석은 행동은
나를 좀먹게 하는 것이기에
내 이성과 감성의 문앞에 파수꾼을 세운다

그는
나를 쉬게도 하고
깨워도 준다
그리고 언제나 지켜준다

나는
그를 인식함으로
평안을 맛보고 안식을 즐긴다
그러므로
내게 있어 가장 소중한 것
그것은 나의 파수꾼
그는 바로 하나님의 말씀이다

방황

내 속에
방황하는 내가 또 하나 더 있어
내가 잠시
어떤 충격으로 인해
내 의지의 길을 잃고 혼미해질 때면
그는 내게
소리 없이 다가와
나를 조롱하고 원망하고 비웃으며
비굴한 자, 어리석은, 미련한 바보라고 손가락질하며
마침내는 절망의 늪으로 인도하여
그 속에서 익사하도록 충동질한다

슬픔과 탄식으로 기진맥진한 내가
드디어 익사 직전에 있을 때
그 누가 나를 위해 기도하는 것일까?
나를 애처롭게 바라보며
안타깝게 주님을 향해 간구하는 이가 있어
주님은 내게 한 줄기 빛을 보내고
나는 그 빛줄기를 잡고

어두움에서 헤어나와
내 의지의 길을 다시 찾는다

방황하던 내 속의 또 하나의 나는
차츰 안개 속으로 사라져 가고
마침내 나는 평화로운 안식을 되찾는다

나를 위해 그리도 애타게
기도해 주는 그 은인은 누구일까, 누구일까?

내게 있을 때

그 풍성한 세월이
끝없는 평원처럼 내 앞에 펼쳐져 있을 때
나는 그 금싸라기 같은 시간으로 무엇을 했던가?

동지섣달 긴긴밤을
하얗게 밝히며 책을 읽었어도
지친 줄도 피곤한 줄도 몰랐던
현미경같이 밝은 눈이 내게 있을 때
나는 그 눈으로 무엇을 했던가?

거친 산길 험한 바윗길도
두려움 없이 단숨에 걸어가며
달음질하여도 피곤한 줄 몰랐던
그 튼튼한 다리가 내게 있을 때
그 다리로 나는 무엇을 했던가?

이 모든 것이 내게 있을 때
나는
고마운 줄 몰랐다
아낄 줄 몰랐다
영원히 내 소유로만 있을 줄 알았다

언제부터인가
내게서 그것들은
조금씩 조금씩 소멸되어 갔고
이제는 떼를 지어 달아나려고 한다

검은 내 머리의 염색소는
자꾸 바래어 은색으로 변하고
군살은 제 마음대로 이곳저곳에 붙어
몸의 균형을 잃어가게 한다

세월을 유수와 같다고 했던 그 말은
얼마나 낭만이 깃들였던 아름다운 이야기였을까?

총알처럼 빠른 세월 앞에서
몸은 몰래 살쪄 가는데
마음은 자꾸 여위어만 간다

눈앞에 안개구름 몰려오고
귀에는 회오리바람 아우성치네

어제나 오늘이나
새들은 한결같이 노래하고
바람은 쉬지 않고 춤을 추건만
인생의 가을은 어쩌면 이리도 가난하기만 한지
발을 굴러도 고함을 질러도
가버린 세월은 돌아올 수 없는 것
차라리 남은 세월 하루하루를
가뭄에 이삭 줍듯이
그렇게 알뜰하고 가난한 마음으로
아름답고 소중하게 살아가리라

마음

모든 것은 마음에서부터 오는 것
마음은 천국을 만들고 지옥도 만든다

사랑도 만들고 미움도 만들며
죄와 벌을 한꺼번에 만든다

마음은
아름다운 꽃동산을 거닐기도 하며
험산준령 가시밭길을 끝없이 걷기도 한다

마음이 따뜻하면
온 세상은 봄이 되고
마음에 가시가 돋치면
온 천하는 폭풍전야로 변해 버린다

그러므로 우리
마음을 아름답게 가지자
너와 나의 세상을 평화롭게
모든 세상을 행복하게 만들자

부부

우리가 처음 만났던 그 아침엔
하늘도 화창한 5월
장미는 만발하였고
내 앞에 우뚝 선 그는
부드럽고 따뜻하며 준수한 미남자로 보였다

그의 눈앞에 비추어진 내 모습은
비록 아름답진 못했어도
귀하고 귀여운 한 마리 비둘기로
우리는 그렇게 다가가서 한 쌍의 원앙이 되었다

날이 가고 해가 바뀌어 갈수록
우리 서로 삶에 지치고 피곤하여져서
나는 그에게 미운 물건이 되어져 갔고
내 앞에 선 그는 잔소리꾼으로
권위만 세우는 폭군으로 전락해져 갔다

자칫 폭풍이 휘몰아쳐
집이 쓰러질 뻔했던 때도 있었지만

네 명의 자녀들이 버팀목이 되어
회오리바람은 역사의 뒤안길로 서서히 물러갔다

그럭저럭
우리의 인생이 정오를 지나고
새끼들 제짝 만나 하나 둘 날라가자,
우리는 다시 서로를 보기 시작했다

서녘 하늘에 붉은 노을이
그 옛날 장미꽃 색깔로 물들어져 갈 무렵
그는 다시 내게 따뜻한 향기로 다가왔고
나는 그에게 반짝이는 보석이 되어갔다

수삼 년 해가 뜨고 지고 장밋빛 노을이 다시
보라색 찬란한 빛으로 마지막 하늘을 장식할 때
그제사 우리는 둘이 손 마주 잡고 말하리라
한세상 고맙게도 잘 달려왔구려
더도 덜도 말고 딱 한 마디 사랑했노라고…

그림 그리기

그림을 그린다
내 인생의 지나온 자취와
현재의 삶의 자취와
미래의 삶의 자취를

그래프를 그려 연결하듯이
그렇게 그림을 그려 본다

지나온 추억은 얼마나 아름다웠는가
현재의 걸음은 얼마나 보람된 것인가
미래의 설계는 얼마나 가치 있는 것일까

맞아 떨어져야 한다
내 마음이 손뼉을 칠만큼 만족해야 하는데

내가 나를 믿을 수 있을까?
그 아름다운 그림을 완성하려면
끝없는 의지와 노력과 용기가
나를 기만하지 아니하고 동행해야 하는데

나약한 자아自我
언제 허물어질지 모르는 어리석은 자아 때문에
나는 날마다 전전긍긍한다

그래도 나는 기어코 완성하리라
능력의 원천이신 그분의 힘을 빌어
정직하고 진실이 담긴
소박하나마 빛을 발하는
눈물나도록 향기로운
그런 그림을 그리고야 말리라

결혼을 앞둔 아들

하루도 수십 차례
내 속에 밀려오는 소리
아들아! 내 아들아!
네가 쓰던 책상을 보며
읽던 책을 보며 컴퓨터를 보며
너의 의미가 묻어 있는 모든 것에서
너의 체취를 느끼며…
나도 모르게 눈시울을 붉히고 아들아! 라고 중얼거린다

너무나 착해
너를 위해 무엇을 해 주어야 할지 모르는 나는
자신의 무능함이 너무나 안타깝다

차라리 엄마에게 떼를 쓴다면
화를 내고 역정을 부리며 고함을 쳐보며
아들의 티를 내어 주었다면
내 미안함이 조금은 적었으려나?
불평이라는 것을 모르는 아들이
대견스럽다기보다 오히려 미안스럽다

이날 이때까지 너에게 봉사한 것이 하도 적어
뚜렷한 추억거리 하나 없구나

아들아, 내 아들아!
어느 녘에 너를 위한 내 봉사가
타인에게 옮겨갈 시가가 가까워 온 것 같다
그것도 모르고
언제까지나 너를 위해 이것저것 해줄 것이라고
그렇게 느긋하게 생각했던 이 엄마는
얼마나 바보였을까?

아들, 내 아들아!
너는 행복해야 한다
좋은 배필을 만나 많은 것을 받아야 한다
하나님은 너를 위해
더욱 큰 비중을 두셨으리라 믿는다

엄마에게 받는 것보다
아내에게 받는 것이

훨씬 더 값지고 큰 것이기를 빌고 또 빈다
내 아들, 아들, 아들아!

며느리

그는
육십이 넘어 얻은 나의 막내딸이다
남의 배를 빌려 낳아 애지중지 키워놓은
내게 고통도 없이 공짜로 얻은 귀한 딸!

내가 수고하여 봉사해야 할
나의 귀한 아들을 그의 손에 맡겨
봉사하게 하니 더욱 미안하고 고마운 내 딸

젊어서 얻은 내 딸들은
뿔뿔이 흩어져 자기 길로 갔지만
내 노년에 얻은 딸은 내가 천국 갈 때까지
그 귀중한 시간을 함께 걸어갈
아들 덕분에 얻어진 귀한 동반자

잘났으면 어떠하며 못났으면 어떠하리
하늘 아래 단 하나밖에 없는 우리 집의 울타리 속에
둥지를 틀려고 날아온 귀여운 한 마리 새

나는, 우리는,
그를 사랑하고 아끼고 보호해야 한다
그리고 그의 보금자리가 평안하고 따뜻하여
행복한 날갯짓을 하도록 키워 주어야 한다

며느리
그는 나의 딸이니
그가 나에게
내가 그에게
무엇이 그리 어려울 것 있으랴?
우리는 다만 행복한 한 가족일 뿐이리니

언니

언니랑 함께 있고 싶어서
기차를 타고 여행을 간다

언니 옆에 앉고 싶어서
그 다정한 느낌에 잠기고 싶어서
일부러 시간을 내어 기차를 탄다

언니의 이야길 듣고 싶어서
4시간 내내 그 이야길 듣고 싶어서
일부러 완행열차를 타고 여행을 한다

언니는, 나의 언니는
청산에 흐르는 물
티끌 하나도 그 물에 드리우는 법이 없다

언니는, 나의 언니는
울창한 소나무 숲
봄 여름 가을 겨울 항상 푸르기만 하다

언니는, 나의 언니는
해와 달과 별

모든 천체가 깃드는 광활한 푸른 하늘

내가
안기고, 안기고 수없이 안겨도
아직도 넓은 가슴이 남아 있다

자장가

부엌에서 식사를 준비하며
무심코 자장가를 흥얼대다가
괜시리 콧날이 시큰해서 혼자 울고 웃었다

내 가슴에서 꼬물거리던 어린 것들에게
자장가를 부르며 토닥여 주던 그때가
너무도 그리워 눈물이 났고
첫아기가 하도 울어서 안고 흔들며
자장가를 부르던 나에게
"자던 아기도 도로 깨겠다" 하면서
아기를 빼앗아 가던 남편이 생각나서
눈물로 범벅이 된 얼굴로 혼자 낄낄대며 웃었다

그렇게 엉망이 된 내 모습을
오늘 훈련받으러 가는 막내아들에게 들키지 않으려고
일부러 양파 껍질을 벗기며
"이 양파가 왜 이렇게 맵지?" 하면서 눈을 부볐다

나의 형용할 수 없는
허전함과 아쉬움과 그리움과 애달픈 사랑의 의미를
그들이 알 수 있을까?

육십이 지난 이제사 나도 겨우 깨닫게 된 것을…
내 어머니도
어머니의 어머니도 그렇게 느꼈으리라
다만 그들은 표현을 않았을 따름이리라

부모의 사랑

세상에 많고 많은 사랑이 있다 해도
자식을 향한 부모의 사랑에 비할 수 있을까?

아픈 자식을 바라보는 엄마의 아픔은
그 고통의 색깔이 다르고 무게가 다르다.
자식이 마음을 앓든지 육신을 앓든지
바라보는 엄마는 마음과 육신을 함께 앓는다

그럼에도 엄마는 그 고통을 감추려고 한다
자식의 마음에 누가 될까봐…
부모가 되어보지 않고는
부모의 마음을 알 길이 없다

그럼에도 또한 모든 부모 된 자는
자기 자식에 대한 사랑만 소중하고
자기 부모에 대한 사랑에는 소홀하다
이 얼마나 모순된 인간인가…

가슴으로 낳는 딸

가야 되는데
보내기는 싫어
생각만 해도 눈물이 나는
딸은 엄마의 가슴에서 태어났는가?

한 다리 건너
손자는
오면 반갑고 가면 더 반갑다고
누군가는 말했지만

딸은 정말
보내기 싫어
저만큼 사라져 가는 뒷모습에
가슴 펑펑 울었다

오월의 어머니

해마다 이맘때면
내 뇌리속에 떠오르는 얼굴
뙤약볕 눈부신 보리밭 이랑에서
이마에 흐르는 땀 씻어내며
달같이 환하게 웃으시던 그을린 그 얼굴

굵은 마디 거칠어진 손가락으로
호미 쥐고 김매던 소박한 그 모습은
연둣빛 아름다운 하늘보다도
더 정다운 그림이었지

풀냄새 흙냄새
싱그럽던 그 치마폭에서
코흘리개 내 어린 날은
꿈처럼 즐거웠다

아!
보리 피는 이 오월에
사무치게 그리워지는 구릿빛 그 얼굴

그 인자한 눈길
그 다정스런 웃음소리여…

어머니!
당신은 누구를 위해
허리가 휘어지도록 일을 하셨나요?
누구를 위해 허리끈 졸라매고
먹고 싶은 것 입고 싶은 것 다 참으시고
언제나 그렇게 소박하게 사셨나요?

자기 짝 만나면 필경은
뿔뿔이 떠나 버리고 말 자식들을 위해
손발이 다 닳도록 일하셨나요?
왜? 무엇 때문에
오직 어머니란 그 이름 때문에
당신은 그렇게 희생만 하셨나요?

주고 주고 또 주어도
더 줄 것이 없을까? 생각하신 어머니
당신은 어찌 받을 계산은 하실 줄 모르셨나요?

어머니, 그리운 어머니
제 나이 60이 넘어
이제사 간신히 그 은혜를 깨달아
갚으려, 갚으려 해도 당신은 이미 계시지 않고
빛바랜 낡은 사진 속의 주름지신 그 얼굴만이
불효자식의 눈시울을 뜨겁게 만듭니다.

불러도, 불러도 다시 부르고 싶은 그 이름
어머니여!
내 고향이여!
내 조국이여!

허무한테 굴복하지 말게 하옵시고

내 영혼의 한 날이
새까맣게 변했던 날이 있었습니다

내가 알 수 없는 순간에
세상의 허무한테 굴복했기 때문입니다

그때 내 눈은 뜨고 있었으나
주님을 향하여 실상은 감고 있었고
내 귀는 듣고 있었으나
주님을 향한 귀는 닫혀 있었습니다

나는 세상을 향해 내 얼굴을 돌이켰었고
세상은 나를 향해 두 팔을 벌리고 달려왔습니다

나는
그 달콤한 것 같은 향취에 현옥하여
나도 모르게 빨려 들어 갔지요
아하 이것이구나 하고 손뼉도 쳤지요

그러나 나는 잠을 잃었습니다
그 아름다운 안식을 잃었습니다

비록 단 하루였지만
내 영혼이 말할 수 없는 피로에 쌓여
깊은 암흑 속으로 빠져드는 것 같았습니다
세상에서 풍겨 왔던 그 향취는
실상은 쓰디쓴 악취였습니다

그러나
이 못난 아이인 내가
무엇 때문에 이 같은 긍휼을 받는 것일까요?

나를 눈동자같이 지키시는 그분은
절대로 그대로 버려 두시지 않았습니다
나는 벌을 받았으나
또 용서함을 받았지요

요셉을 양떼같이 인도 하시는
그분의 팔에 안겨
또 포근한 안식을 취한답니다

나이는 숫자에 불과한가?

옛적에 솔로몬 왕은
만백성을 다스리기 위해 하나님께 지혜를 구하였지만
오늘 이 나약한 인생은
자기 한 몸도 다스릴 수가 없어 이렇게 주님께 간구합니다
내 생각과 감정과 입술의 말을 다스릴 수 있는 능력을 주옵소서

내가 주님을 기쁘시게 하는 삶을 살기를 그토록 갈망했지만
내 어릴 적에서부터 반백이 훨씬 넘은 지금까지도
나는 아직 나를 다스릴 수 있는 능력이 없음을
주님께 고백합니다

나이는 숫자에 불과하다고
그 어떤 깨달은 사람이 말했을까요?

세월이 내 발끝에서부터 머리끝까지 밟고 지나간 흔적은
거친 피부, 굵은 주름살,
하루가 멀다하고 하얗게 퇴색되어 솟구쳐 오르는 머리카락
감퇴되어가는 시력, 무릎을, 허리를, 이따금씩 공격하는 통증…

또 무엇이 있습니까?
군데군데 꼴불견으로 붙어 버린 군살들…

그러나 내 마음의 나이는 정말 숫자에 불과한지
나는 아직도 철없는 어린아이처럼
재미있는 것을 보면 즐겁고 맛있는 것 먹으면 기쁘고
나를 칭찬하는 소리를 들으면 자랑스럽고 좋아합니다

그러므로 눈앞에 보이는 기쁨과 즐거움을 추구하고
또 그것들을 얻기 위해 시간을 허비하기도 합니다

내가 주님의 표준에 맞춘 좀 더 성숙한 사람이 되었다면
내 내면의 감성을 이렇게 적나라하게 표출하는
어린아이 같은 자가 되지 않았을까요?
하나님 나를 도와주세요
나를 기쁘게 하는 삶에서 주님을 기쁘게 하는 삶으로
방향을 바꿀 수 있는 능력을 제게 주시옵소서

입에 쓴 것이 있어도 주님의 영광을 위해
달게 느껴질 수 있는 능력을 제게 부여하옵소서

평안할 때

평안할 때 나는 오히려 죄를 짓는다
평안을 지긋이 즐기는 안일의 죄
안일에서 생성되는 게으름의 죄
게으름으로 인하여 세월을 아끼지 못하는 죄…

땅에서의 관점보다 주님의 시선으로 볼 때
이것은 모두 현명하지 못한 죄이다

내가
심령으로 깨어 있지 못할 때
이것들은 마치
행복한 사람이 누리는 복처럼 느껴진다

그러나 이것들로 인하여 얻어지는 불안과 허무와 허탈은
일생에 얼마나 마이너스를 가져오는 것인가?

나는
내가 이 수렁에 빠질까봐 언제나 전전긍긍한다
차라리 슬플 때 괴로울 때 눈물을 흘릴 때
그의 위로의 옷자락이 나를 덮는다

그곳엔 참된 평안과
젖뗀 아이가 어미 품에 있을 때의
그 소박한 행복이 깃들인다

변명

무심코 돌아보니 닮은 얼굴 한 사람
그리운 사람을 생각나게 한다
보고 싶어지게 한다

얼마나 되었는가
먼 먼 옛날같이 희미해진 얼굴

마음만 먹으면 만날 수 있으련만
내 마음이
무정해졌나?
무디어졌나?

내 게으름이 너무 비대하여
정다운 사람을 만나기가
천리 만리로 멀기만 하구나

언젠가 때가 되면 만날 날이 오겠지…
오늘도 또…
비굴한 변명을 마음으로 한다

적신으로 태어난 그 날처럼

배에 군살을 빼듯이
마음의 군살을 빼고
적신으로 태어난 그 날처럼
그렇게 깨끗하게 순진하게 살 수만 있다면
얼마나 좋을까?

세상이 말하는 바보처럼
욕심도 없이 꾸밈도 없이
그렇게 어리석게 살아
조롱과 멸시를 받을지라도

창조주 하나님께서
지으신 그 첫째의 모습
적신으로 살 수 있는 용기만 있다면
그는 얼마나 행복한 인간일까?

절규

가슴도 머리도
텅 빈 공간으로 허기져 있습니다

발끝에서 머리끝까지
울부짖는 절규

무엇으로라도 채워야겠다는 몸부림으로
애닯게 부르짖습니다

당신께서부터 오지 않으면
결단코 채워지지 못할
모양을 알 수 없는 안타까운 배고픔

당신의 상에서 떨어지는 부스러기로라도
내 가난한 가슴을 채워 주소서

한 움큼 공기로

내가
너무 추합니다

내 단어가 당신을 향한 내 기도가
어쩌면 이같이 우둔한지
너무도 때 묻고 추하여 부끄럽습니다

하지만 나는
당신에게 드릴 정말 아름답고 깨끗한 언어를 찾지 못하여
우둔한 이대로 추한 이대로
정말 보잘것없는 이 문장으로 당신께 간구합니다

햇빛 같고 공기 같은 당신의 그 무한한 사랑 앞에
이 초라한 인생이 무엇이겠기에
감히 당신께 나를 추천하겠나이까?

나는 그저 이 무한한 공기 속에
나의 호흡이 섞이듯이
이 자그마한 존재도 당신의 사랑의 섭리 속에

녹아지고 소멸되어지기를 바랄 뿐입니다

그래서
당신께서 계시는 그 어떤 곳에서도
한 조각 빛으로
한 움큼 공기로 남기를 바랍니다

그래서
당신과 더불어
영원히 동거하기를 바랄 뿐입니다

가을이 오면

냉커피가 맛이 있으면
여름이라고 누군가가 말했던가

김이 오르는
따끈한 차 한 잔이 나를 유혹하는 것을 보면
가을이 저만큼 오고 있나 보다

뜨락의 영산홍 끝자락이
갈색으로 물들어 가고 있다

한 열흘이 가고
또 스무날쯤 지나고 나면
세상은 노란색 붉은색으로 옷을 갈아입겠지

사람들은 저마다 산으로 들로
단풍놀이에 신이 나겠지만
나는 속절없이 늙어가는 나무가 불쌍하다
떨어지는 낙엽이 불쌍하다.

나이 한 살
더 먹어가는 내가 처량하다

대지^{大地}의 마음

비가 와도 눈이 와도
그는 잠잠하고
비가 오지 않아 메말라 메말라
가슴이 찢어지고 틈새가 벌어져도
그는 잠잠하기만 하다

침을 뱉아도 오물을 버려도
그는 언제나 두 팔을 벌려 반가이 맞고
발을 굴리고 포크레인으로 무참히
자기 몸을 찍어 헤쳐도 그는 묵묵히
당하기만 한다

대지는 죽어서인가?

그는 죽지 않았기에
싹을 내고 식물을 키우며
인간에게 양식과 산소를 주고
모든 아름다운 경치를 만들어 준다

대지는 바보인가?

바보가 아니기에
인간은 수없이 소멸되고 소멸되어져 가도
그는 여전히 멸하지 않고 수억 년을
그 모습 그대로 지니고 있다

지혜롭고 인자하고
무궁무진한 그의 사랑의 마음을
인간인 우리는 본받아야 한다

주님의 방법

사탄이 당신과 나 사이를 이간질했을 때
그의 교묘한 수법으로 인해 우리의 틈바구니는 크게 벌어졌고
우리의 사랑도 다시는 돌아오지 못할 강으로
흘러가 버린 것 같았습니다

그래서
하루 24시간의 그 시간들은
1년 365일을 고통으로 치르는 느낌 그 자체였습니다

그럴 땐 내 마음이
미움과 증오와 슬픔으로 가득 차고
옛날 그 옛날에 이미 아물었던 그 상처의 흔적을 다시 긁어내어
또 피를 흘리곤 했지요

하나님이 도무지 우리와 함께하지 않으시는 느낌으로
깊은 흑암의 터널로 빨려 들어가고 있었습니다

동방의 의인 욥의 고백처럼 "앞으로 가도 그가 아니 계시고
뒤로 가도 보이지 아니하며 그가 왼편에서 일하시나

내가 만날 수 없고 그가 오른편으로 돌이키시나
뵈올 수 없구나" 그 자체였습니다

욥은 의인이었기에 그 단련을 이겨 정금같이 되었지만,
오늘 나같이 미련한 인생이 무슨 그리 크나큰 매력이 있어
주께서 나를 연단 하신다고 생각할 수 있으리이까?
나는 그저 고통스러울 뿐이었습니다

그러나 욥을 사랑하시던 하나님은
나같이 미천한 것도 결코 버리시진 않으셨습니다

욥이 최악의 경우에 오히려 "여호와의 이름이 찬송을
받으실 지어다" 하고 경배한 것처럼 나도 어쩔 수 없이
"모든 것을 당신의 뜻대로 하옵소서"
하고 내 마음을 주께로 내어 던졌습니다
그리고 자아는 공백으로 텅 비어 있었지요
어쩜이니이까? 그는 내게 실낱 같은 빛을 던져 주셨고
숨 쉴 수 있는 산소 주머니를 공급해 주셨습니다

마침내 그 실낱 같은 빛은 찬란한 햇빛으로 변하여
내 흑암의 터널을 벗겨 주었고,
산소 주머니는 끝없는 평원의 그 대지 위로
나를 옮겨 주었습니다

폭풍우 다음의 햇빛이 더욱 찬란하게 빛나듯이
어두웠던 내 마음은 "오 맑은 햇빛"이었습니다
나는 이 짧은 시련의 시간을 지날 동안 꼭 한 가지는 정말
배웠습니다
"네 자신을 포기하고 온전히 주님께 맡겨라"
나름대로 나를 연단 하신 "주님의 방법"이었습니다

미숙한 인생

옆을 보아도
뒤를 돌아보아도
거기 한 그림자도
내 손을 잡아 줄 자가 없나이다

나는 사람이 아니리이까?
외로울 때 붙잡아 줄 수 있는 사람도 있어야겠고,
말 하고 싶을 때 들어 주어야 할 사람도 있어야겠거늘
내 말은 언제나 메아리 되어 돌아와서
가시 달린 회초리가 되어 나를 치나이다

그러나
내가 벙어리 되기가 왜 이렇게 힘이 드는지
가시채로 맞을 줄 알면서도 나는 말을 아니할 수가 없습니다

내가 무슨 죄를 지었길래
세상에 많고 많은 사람들은 다 동무가 있는데
나는 어찌 고개 끄덕여 줄 동무도 한 사람 없습니까?
나는 당신과 같지 않기에

원수를 사랑하기가 너무나 힘이 듭니다
내가 입술을 다물기도 전에

원망의 말과 저주의 말이 먼저 나와 버립니다

나의 하나님
나를 도와주소서

오른편 뺨을 치거든 왼편 뺨도 돌려대라고…
겉옷을 달라거든 속옷까지 주어라고,
일흔 번씩 일곱 번이라도 용서해 주라고…
당신의 말씀은 천둥처럼 번개처럼
내게 쏟아져 내려오건만
나는 접시보다 더 작은 그릇이어서
단 한 모금의 물도 담겨지지 않습니다.
나의 하나님
내가 차라리 바위라도 되게 하소서
이어 떨어지는 물방울로 인해
언젠가는 파여질 바위가 되게 하소서

차라리 바닷가의 모래가 되었다면
내 가슴을 짓이기고 간 수없는 발자국이 있어도
매 순간마다 밀려오는 파도의 그 하얀 물결로
말갛고 깨끗하게 씻어 버릴 수가 있으련만

내 가슴은 덕지덕지 상처난 딱지가 붙어 소리 없는 채찍이
올 때마다 다시 또 피가 되어 흐릅니다

오! 나의 하나님
내가 아직은 인간임에
위로받을 따뜻한 손길이 그립습니다

나를 불쌍히 여기신다면
내가 미소 지을 수 있는 그 무언가를 보내어 주십시오

당신의 말씀만으로
위로받고 평온해지기에는
아직도 나는 너무나 미숙한 인생입니다

사각지대 1

자동차 운전할 때만
사각지대가 있는 것은 아니다.
인간과 인간관계에 있어서도 사각지대가 있다

형제간에도 부부간에도
너무 밀착해 있기 때문에
보이지 않는 부분이 있다

그 유명한 철학자 소크라테스의 처는
남편과 함께 살았으되 사각지대로 인해
그의 참모습을 보지 못했기 때문에
"희대의 악처"란 이름을 얻었다

한 상에서
항상 먹고 마시는 가족들 간에도
한 직장에서 항상 시선을 부딪치며 일하는
직장 동료들 간에도
사각지대는 얼마나 많은가?

그의 마음을 볼 수 없고 생각을 볼 수 없다
내 시야에 비치는 것만이 전부라고 착각하고

그의 가치를 설정하는 어리석음을 범하는 자는
바로 가장 가까운 자리에 있는 사람일 수 있다

보이는 것만이 전부라고 생각하는
지극히 근시안적인 인생…

어디 그뿐인가?
나는 나를 어떻게 보는가?
어떻게 아는가?

사각지대 2

너와 나 사이에
사각지대가 없는
그 크나큰 사각지대가 가로막고 있어서
너의 사랑을 보지 못했다
너의 속삭임을 듣지 못했다

먼 길
언제나 멀다고 투덜대기만 했지
가까이
이리도 가까이 지름길이 있음을
왜 몰랐을까?

아집이 우리의 눈을 멀게 했고
교만이 우리의 눈을 어둡게 했다

이제는
이 거추장스런 사각지대를 벗어나서

해같이 환하게

달같이 뚜렷하게
그렇게 우리의 사랑을 익혀가며 살자
행복을 빚으며 살자

사각지대가 없는
유리알같이 투명한
그 나라에 이르기까지…

기찻길

함께 살면서
서로 사랑하며 살 수 있다면
얼마나 복된 삶이 될까?

서로 미워하며 살아도
더불어 살 수는 있다.
괴로움으로 가슴이 쑥대밭이 되겠지만…

기왕에 살 바에야
화합하며 살고 이해하며 살고
감사하며 산다면

거친 쑥대밭도
향기로운 꽃밭으로 변화할 수 있으련만

미워하고 회개하고
회개하고 또 미워하고
인간의 역사는 언제나 끝이 나려는지

하나 되는 화합의 길은 없고
오늘도 두 줄 기찻길이다
시끄러운 기찻길이다

할머니

나의 의지와 생각과 재능과 꿈과는 관계없이
'할머니'라는 객관성 때문에
내 속에 꿈틀거리던 열정은 망가지고
나는 알지 못할 서러움에 짓눌린다

인간으로서는 도무지
어찌할 수 없는 이 당연한 현실 속에서
나는 또 나만의 세계를 만들어 가야 한다.

나이는 먹었어도 멋진 인생으로
주책을 떨거나 남에게 누를 끼치지 않는
지혜롭고 현명한 노인으로…
젊었을 때도 제대로 한번 못해 본
남을 위한 봉사가
과연 가당키나 할까?

그러나 불행한 이웃을 위해
기도할 수 있다는 것만도
그나마 얼마나 다행한 일인가?

미련한 인생

풍년의 타작마당같이
그렇게 풍성한 세월이 남았다면
오늘 이같이
시간에 대한 미련이 착잡하진 않았으리라

하루하루
도망치는 세월을 붙잡는 심정으로
아깝게 흘려보내는 시간

마음은
그렇게 안타까우면서도
갈수록 무디어 가는 몸과 뇌리를
홍수에 떠내려가는 세간살이를 보듯
맥없이 도리 없이 바라볼 뿐이다

한 올 두 올 낙엽 지는 머리카락
예전엔 이렇게 소중한 줄 미처 몰랐더니
오늘 썰렁하고 훤한 머릿밑을 보니
속절없이 한숨만 배어 나온다

행여 내 시간을
5년만 아니면
1년 만이라도 되돌려 놓을 수가 있다면
그땐 내가 무어라고 했을까?

그때도 나는 아마
세월 빠르다고 한탄만 하겠지?
나는 이렇게
대책 없는 미련한 인생인가 보다

사람과 사람 사이

오가는 감정이 물질로 변하여 쌓이게 된다면
그 양이 얼마나 될까?

하늘만큼 땅만큼 그 양이 하도 많아
땅 위에 쌓아 둘 곳이 없겠기에
공기처럼 바람처럼 그 형태를 보이지 않게
하나님은 만드셨나 보다

미워하는 감정, 사랑하는 감정,
미워하는 감정을 많이 만드는 사람은 나쁜 사람이고
사랑하는 감정을 많이 만드는 사람은 좋은 사람이다
타인에게
미워하는 감정을 많이 받는 사람은 불행한 사람이고
사랑하는 감정을 많이 받는 사람은 행복한 사람이다

받는 것은 나 혼자만 받지만
주는 것은 수많은 사람에게 줄 수 있다

주는 것이 받는 것보다 더 복이 있다 하셨을진대
주는 것과 받는 것, 무엇을 택할 것인가?
주는 것을 택하였을지라도
남에게 불행을 만드는 쪽을 택한다면
그는 저주의 사람이고

많은 사람에게 행복을 선사한다면
그는 하나님이 기뻐하실 사람이다

미운 감정과 사랑의 감정은
종이 한 장의 차이도 아니지만,
그 결과는 엄청나게 큰 것
한 사람을 불행하게 만드느냐
행복하게 만드느냐를 가름한다
나도 모르는 사이 타인을 미워하게 될까 봐,
그렇게 저주의 사람이 되어지지 않기를
얼마나 소망하는지…

어떤 사람이 가장 가난한 사람인가?

그는
언제나 자신이 가진 것이 가장 작다고 생각한다.
항상 배가 부르면서 마음은 늘 고프다고 생각한다

그가 가는 곳마다 사람들은 그에게서 떠난다
가장 좋은 것을 얻었지만
한 번도 좋다고 생각할 줄 모른다

그는 언제나 기분 나쁘고 짜증나고 만족하지 못한다
감사의 단어는 그에게서 멀리 달아나고
아름다운 빛깔도
그의 앞에선 슬픔의 빛깔로 변한다

그의 눈은
언제나 자기만을 향하고
남을 향하여 자애로운 시선을 던지는 것을
생각할 줄 모른다

그는 언제나
가시나무처럼 도도하여 남을 아프게 찌르면서
그것이 자기의 잘난 탓인 줄 생각한다

그가 가장 괴로운 것은
남의 잘되는 것을 보는 것이다

그는
선한 사람이 선한 손을 내밀어도
원수의 손길로 바꾸어 버린다

그의 주위에는 사람이 없다
탐욕만 버글거릴 뿐이다

사랑의 사람

어떤 자가 사랑의 사람이냐?
나로 인하여 남에게 아픔을 주지 않는 사람
남의 마음에 어두움의 공기를 불어 넣지 않는 사람

그가 나를 볼 때
언제나 기쁨과 평안을 느끼게 하는 사람
그가 내 곁에 오기를 간절히 소망하는 사람

얼굴만 보여 주어도 남에게 기쁨을 선사한다
말 한마디만으로도 남에게 따뜻함을 준다
모든 사람이 자기에게 와 주기를 간절히 바란다

그는 언제나 자기보다 남을 더 생각한다
자기보다 남이 행복한 것을 더 기뻐한다

그는 언제나
자신의 존재를 가장 작은 자처럼 생각한다
남의 면전에서 너풀거리며 자기를 과시하지 않는다

가장 많은 일을 하면서도
가장 게으르게 살아 온 것처럼 자신을 자책한다

그의 존재가 지극히 미미하게 보이지만
실상은 많은 사람들에게 많은 영향을 끼친다

그 사람이 존재하는 곳에는 언제나 화평이 있다

아!
그런 사람과 언제나 함께 사는 사람은
얼마나 행복할까?

모하비 사막을 횡단하며

먼 먼 옛날
인디안들의 보금자리가 군데군데 흔적을 남긴 월라케년
인디안,
그들은 지금 어디로 이사를 갔을까?

계곡과 계곡을 오가며
신호인지 노래인지 우렁차게 부르짖었을
그들의 고함 소리가 귀에 들리는 듯하다

모하비 사막의 무한대의 그 삭막한 벌판을
끝없이 달렸을 아리조나 카우보이의
그 말발굽 소리가 귀에 들리는 듯하다

그 많고 많았다던 버팔로는
다 어디로 갔을까?

세월은 가고 역사는 흘러
인디언도 버팔로도 바람같이 구름같이
역사의 뒤안길로 사라져 갔으나

영원히 변함없이
오고 가는 세월을 묵묵히 지켜보는
하늘과 땅 그것을 지으신 이

오! 위대함이여
진실로 우리가 감탄할 것은
바로 그분 하나님이신 것을!

만리장성

만리장성 언덕길을 헉헉대며 올라간다

제각기 웃으며 떠들며 부산하게 가는데
문득 귀에 들리는 세미한 소리
벽돌 한 장 한 장 사이에서
수많은 무리들의 탄식 소리 신음 소리
처절한 부르짖음이 합창처럼 들려온다

천 리도 아니요 만릿길을
북쪽 오랑캐 방위하여 잘살아 보자고
나라님이 생각해 낸 기발한 아이디어
덕분에
그 수많은 목숨이 만리장성으로 바뀌었는가?

어느 여행 전문가는 그의 표현에서 이 만리장성을
중국 국민의 의지,
나라를 사랑하는 뜨거운 애국심
그 국가의 위대한 자랑거리로 찬사했다

백성 없는 국가가 무슨 필요 있으며
백성 없는 국방이 무슨 의미가 있을까?

장성을 짓기 위해
한번 끌려오면
다시는 살아 돌아가지 못하는 길이라고 했다

죽음의 길에 선택된 인생
떠나는 이를 보내는 가족
저들의 눈물이 강을 이루었으리라

몇백 년도 못 가서 필경은
오늘날 겨우
사람들의 눈에 구경거리밖에 되지 않는 것을…

장마

오늘도 웃었다 울었다 하는 하늘
변덕이 죽 끓듯 한다

쏟아지려면 한꺼번에 쏟아지고
멈추려면 뚝 멈추려무나

오늘
새 옷으로 단장을 한 아가씨가
울상을 한다.
우산을 써야 할지 파라솔을 써야 할지

하늘 한번 올려다보고
땅 한번 내려다보고…

선인장

남편이 정성을 들여 가꾸던 선인장에서
오랜 침묵을 깨뜨리고
1년 만에 화려한 꽃망울이 터졌다
"아이구 정말 예쁘다"
식구들은 한결같이 감탄사를 터뜨렸다

하루 이틀 사흘이 지났을까…

아름다운 선인장꽃이
우리 옆에 존재한다는 사실조차
까마득하게 잊어버리고,
식구들은 저마다 자기의 일에 분주 했다
화려한 꽃은 가엾은 꽃이 되어 버렸다

누구를 위해 1년간의 인고 끝에 피워낸 꽃인데…

지금, 꽃도 화분도 시야에서 사라진 지 오래지만
그 화려했던 순간은
나의 캔버스에서 영원히 숨 쉬고 있다

ㄱ ㅣ ㅇ ㅓ ㄷ ㅏ

ㄹ ㅡ   ㄷ

　　ㄹ

ㅇ ㅣ ㅅ ㅐ ㅇ ㅓ ㄷ ㅏ

　ㄴ 　ㅇ ㅡ 　ㄷ

　　　ㄹ

길을 걷다, 인생을 걷다

/

1960년대 시詩

1980년대 산문散文

2002년대 시詩

2008년대 수필隨筆

2008년대 시詩

2020년대 시詩

2020년대 수필隨筆

짝사랑

언제부터인가
내 속에는
조건 없는 사랑이 싹트기 시작했다

피곤하고 괴로울 때도
그만 생각하면
얼굴에 웃음이 번진다

긴 세월을 살아오는 동안
사랑과 미움의 감정이 널 뛰듯 오가며
나름대로의 사랑의 역사를 빚어 왔지만

이렇게
산소같이 신선하고 순수한 사랑은
그 빛깔 자체가 다르다

이것이 비록 100%의 짝사랑이 된다 할지라도
나는 그로 인해
가슴 벅찬 행복을 맛본다

아들이 결혼한지 7년만에
안아보는 내 손자 '진성'
너를 향한 내 사랑은

조건도 없고 끝도 없는
영원 그 자체이다

어제와 오늘 그리고 내일

그
철없던 어린 시절부터
백색 머리칼의 오늘까지

언제나 내게는
불쌍한 어제가 있었다

실수투성이의 어제
후회로 가득 찬 어제

경망스러웠던 내 언어는
왜? 그렇게 나를 부끄럽게 만들었는지

단 한 번도
나를
칭찬하고픈 날이 없었다고 한다면
그것은 약간의 거짓말이 되겠지만

어쨌든
나에게 어제는
어둡고 답답한 날이 더 많았다

그래서
오늘만은
후회 없이 살아 보려고
실수 없이 살아 보려고

아침부터 기도하며
나를 버리고 살려 하는데

저 못된 사탄은
어느 사이 바람같이
내 틈바구니에 끼어들어
또 실패하게 만든다

아직도 내게는
욥과 같은 인내가 부족해서

요셉 같은 믿음이 부족해서
달관의 세계가 이같이 멀기만 한가?
그러나 내일만은
부디
의로우신 그분이 나를 불쌍히 여겨
내 모든 시간 속에 동행해 주신다면

수정같이 맑게
진주같이 아름답게
나의 남은 내일들은 분명히 승리할 수 있으리라

색깔을 입는다

나는 천연색을 좋아한다
그것은 바로
하나님이 지으신 색깔이기 때문이다

봄이 오면
유아의 색깔
산과 들을 연둣빛 드레스로 옷 입히고

차츰차츰
청소년을 지나 사춘기의 색깔로
노란색 분홍색 붉은색으로 덧입혀 간다

여름은 어떤가?
싱싱한 짙은 녹색
온몸이 용솟음치는 씩씩한 청년의 색깔이다

결실로 접어든 가을은
황금빛 들판과 더불어 짙은 빨간색으로 옷 입은 과일의 색깔이
이른바 풍성한 인생의 결정체인 장년의 색깔을 닮았다

늦은 가을 추수 때가 지나가면
떨어질 운명이 너무나 아쉬워 온몸으로 절규하듯
마지막으로 발산하는 단풍의 애달픈 색깔도 있다
그래서 나는
이 아름다운 색깔들을 외면치 못하고
철 따라 색깔별로 옷으로 덧입는다

어떤 어리석은 눈초리가
유치하다고 입술을 빗쭉여도
나는 이 아름다운 색깔을 창조해 주신 하나님

그분의 오묘하신 지혜를 더 사랑하기 때문…

어떤 부부의 초상화

까마득한 그 옛날
생면부지의 남남으로 만나서
남편 그는 아버지처럼 굴었고
아내 그녀는 딸처럼 엎드렸다

중년이 되자
아내 그녀에게는 자식이란 응원군이 생김으로
덕분에 어깨에 조금씩 힘이 쌓여갔고
남편 그의 목소리는 두께가 조금씩 얇아져 갔다

장년이 되니
목소리 커진 아내는
차츰 잔소리꾼 엄마로 변해갔고
남편은 엄마의 눈치를 보는 아이처럼 되어갔다

어느덧 외로운 노년이 되자
아내 엄마는 진짜 엄마 같은 사랑이 농익어갔고
아이 남편은 점점 마마보이가 되어갔다

그리고 그들은
하늘가는 밝은 길을 같은 시선으로 바라보며
숭고한 아가페의 깊은 사랑 속에서
영원히 변치 않는 참된 안식을 얻어간다

이것이
50년을 한 지붕 아래에서
어깨를 부딪치며 살아온
어떤 부부의 초상화이다

센티멘탈 ^{sentimental}

가을비
구슬프게 내리는 오후
비에 젖은 앙상한 가지에서

빛바랜 잎새들이
이리저리 바람에 흔들려
우수수 맥없이 떨어지고 있는데

발끝에서 맴도는
처량한 낙엽들을
애처롭게 밟으며 하염없이 걷는 걸음

저 낙엽처럼
생명 나무에서
내 인생이 떨어져 내릴 때

나는
무엇을 가지고
그 아름다운 나라에 갈 수 있을까?

언제나 마음은 원이로되
미완성의 얼룩져진 인생…

불꽃같이 타오르던 의욕도, 용기도
저녁 하늘의 붉은 노을처럼
맥없이 사위어져 가는데

아직도 내가 무엇을 하리라고
빈 양철 같은 소리만 무성한가?
오늘도 허기진 이 하루가 저물어 간다

강적

길 떠난 승합차 속에
좁은 창문을 비집고
갑자기 강적이 들어왔다

모든 승객들이 놀라
소리 질렀다

강적은 이리저리
사람들을 습격하고

사람들은
움찔하고 피하며 소리 질렀다

한참을 그렇게 소란을 피우다가
마침내 용감한 한 용사가

요놈! 하고 고함치며
넓은 손바닥으로 그놈을 쳤다

드디어 그놈은
빨간 피를 쏟고 쓰러졌다

다리도 보이지 않는놈
손도 보이지 않는놈
사람의 만분의 일도 못되는 놈

가냘픈 날개와
뾰족한 침 하나로

건방지게 감히
사람을 습격하려는 그놈이

사람의 입에서
공포의 소리를 지르게 했으니

강적은 확실히 강적이다
"모기"란 놈

이 겨울의 느낌표

산과 들과 온 천지가 꽁꽁 얼어붙어
인간의 마음까지 이웃과 이웃의 인심까지
문고리를 걸어 잠그고
깊은 동면 속에 빠져들어 갔던 길고 긴 겨울

이 겨울은 정말 혹독하여
하늘에서 하얀 천사가 내려와
온갖 더러워진 지면을
백색으로 깨끗하게 장식해 놓았건만

아! 아름답다 하고
감탄사를 발하기도 전에
눈에 미끄러져
누구는 다리를 부러뜨리고 나는 손목을 부러뜨렸다

쌓이고 쌓인 이 깨끗한 눈이
오히려 원망스런 이 현실…
언제 내가
이 하얀 눈을 원망해 본 적이 있었던가?

인간의 감성이란
어쩌면 하나의 사치스런 장식품 인가?

이 삭막한 현실 앞에서는 그 어떤 느낌보다
순식간에 전달해 오는 물리적인
이 세포의 아픔이 훨씬 더 절실하다

나도 모르게
아야! 하는 고통의 소리가 입술에서 터져 나오고
가뜩이나 못난 얼굴이 더욱 일그러져 꼴사납고 흉측하게 보이며

수치도 체면도 없이
그저 고통에서 벗어나려고 하는 꾸밈없는 원색적인 모습
이것이 인간의 본래의 모습인가?

때로는
문학이 예술이
모든 것이 거짓이다 싶을 때도 있다
이것이 옳을까?

하루는 12시간

생활의 톱니바퀴에서
간신히 짬을 내어 자신을 돌아보니

거울에 비친 내 모습은
지식의 빈곤에, 감성의 빈곤에, 사랑의 빈곤에
궁상스럽게도 짓눌려 쪼그라진 가엾은 모습

내게 영양을 공급 해줄
재 충전의 방편은 무엇일까?
이 기막힌 고갈에서 구제를 받을 길은 무엇일까?

이 녹슨 지성과 감성을
다시 윤기 나게 닦아줄 그 무엇이 필요하다
갈급하다고 말해야 하나?

이미 잃어버린 시간보다
턱없이 부족한 시간이 남았겠기에
정말 조급한 마음으로
이 시간을 가꾸고 활용해야 한다

하루 24시간을
12시간밖에 없다는 생각으로…

사랑 그리고 행복

네가 아름다운 보석임으로
내 눈에 사랑이 깃든 것은 아니다

내 가슴이 사랑으로 가득 채워졌을 때
너는 내게 찬란한 보석이 되었다

네가 아름다운 꽃으로 피었을 때는
내 눈은 미소 지으며 즐거워했었다

그러나 내 가슴이 너를 향한 사랑이 가득 했을땐
너의 낙엽진 초라한 모습도
가슴 뭉클한 행복으로 자리 잡았다

그러므로 내게 있어
아름다움이 행복의 조건은 아니었고
행복의 전신은
오직 사랑이었다

어느 미망인의 독백

오늘 휴대폰에서 "남편"이란 단어를 지웠다
왈칵 눈물이 나려고 했다

부르고 싶은 이름이여!
불러도 대답 없을 이름이여

그 정다운 이름을
내 일생동안 몇 번이나 불렀을까?

함께 있었으면서 없었던 것 같이
무관심하게 살았던 그 지난 세월

지금 다시 돌아온다면
매일 매 순간마다 손잡고 살고픈 그 다정한 사람이

지금은 찾아도 없고 불러도 대답 없고
텅빈 침대만이 눈앞에 처량하게 누워 있네
우리 서로 가장 가까운 거리에서 몸 부딪치며 살았으면서
왜? 그리도 외롭게 살았을까?

이렇게 속히 헤어질 줄 알았으면
날마다 떼를 써서
미운 정이라도 덕지덕지 쌓아둘걸…

당신과 나는 너무나도 조용하게
투명 인간처럼 살아왔던가?

지금 애를 써서 추억 거리를 찾아본다

형용할 수 없는 텅 빈 가슴
어디에서 무엇으로 이 가슴을 채울까?

설혹 그 무엇으로 채운다 할지라도
그 색깔이 같을까?

내일
돌아올 것이 아니고 영원히 떠나버린 당신이
가슴 아프게 그립다 보고 싶다…

감사

인생으로 태어난 모든 사람에게는
나름대로의 희로애락이 다 있다

그것을 감당 할 수 있는
마음의 그릇이 주어진자
그가 가장 행복한 자인 것이다

그러므로
나는 행복하다 생각하면 정말 행복하다
남과 비교하는 것은 어리석은일

보이지 않는 그의 은총이
나를 지킨다는 이 믿음이
세상에서 가장 행복한 나를 만든다

그러므로
가난하게 사는것도 병들어 사는것도
모든 것은 그로 인해

그에게로
더 가까이 갈수 있음에
감사 감사 언제나 감사할 뿐이다.

기도

감사할 조건과 즐거움이 이렇게 많은데도
그것은 외면하고
한탄과 괴로움을 친구삼고 사는 나약한 인생…

나이 탓이라고 말하는 것은
얼마나 볼품없는 변명이냐?

자책을 하면서도
그 웅덩이에서 헤엄쳐 나오지 못하고

발버둥 칠 때마다 더 깊숙이 빠져드는…
진짜로 어리석은 이 노년의 인생을 건져 줄이는

한탄과 괴로움, 그리고 아픔과 고통이 없는 곳
그 아름답고 평화로운 곳에서만 사는 분
그분 한 분뿐인 것을!

나처럼
어쩔 수 없이 육신의 나약함에 시달리는
모든 사람들에게 호소하고 싶다

그분께 부탁해보라고. 애원해 보라고…

오월五月의 찬미

오월은
미소가 우리의 얼굴에서 떠나지 않게 하는 계절
산천초목 모두의 얼굴에도
기쁨이 떠나지 않게 하는 계절이다

오월은
행복으로 가슴 벅찬 계절
부모를 자녀를 가정을
사랑으로 뭉쳐져 가는 계절

꽃들은 자기 색깔로 노래하고
나비들은 즐겁게 춤을 추며
나무들은 녹색손 흔들며 반갑게 인사한다

오월이
우리 곁에서 언제나 떠나지 않는다면
우리는 영원히 행복으로 가득하리

오월은
얼굴에 화를 내지 못한다
그것은 이 아름다운 계절 앞에
부끄러움이 되기 때문…

동반자

돌아보면
잠시 잠깐의 세월이었지만
우리는 서로
도란도란 살아온 동반자였다

한 세월 사는 동안
어찌 기쁘고 즐거운 일만 있었으랴?
화를 내고 다투는 일도 한두 번이 아니었고
뒤돌아서서 밉다 밉다 하다가도
또다시 마주 보고 어색한 미소를 지우며 악수하는 날도
부지기수였거늘
그렇게
오! 맑은 햇빛 하다가도
어둑캄캄 천둥 번개 치는 날로
날과 씨가 엮어져
우리 삶의 역사가 한 폭의 그림으로 만들어졌다

그것의 모양은 아마 화려 찬란한, 아니면 엉망진창이 된
추상화의 모습일 것이다

나 아닌 타인이
이 그림을 감상하게 되면 무어라고 평할까?
많은 점수를 주게 될까?
아니면 많고 많은 말쟁이들의 입방아에 올라
이리 뜯기고 저리 찢겨
볼품없는 누더기가 되는 것일까?

하지만
그것이 다 무슨 소용이란 말인가?
이것은 오직 나만의 인생일 뿐인데…
오늘 와서
늙은 자아가 문득 뒤돌아보니
백발머리 굽은 허리로도 아직도 함께
손잡고 걸어가는 모습의
비록 초라한 한 폭의 그림이지만
그저 아름답기만 하다
아직도 동반자가 있다는 것이 고마울 뿐이다

구심점

언제부터인가
자신도 모르게 나는
무엇을 중심으로 돌고 또 돌았다

그것이 무엇인지 음미할 겨를도 없이
달음질하며 쫓기듯이 살아왔다
쏜 살과 같이 빠른 세월 속에서
그것만이 가장 가치 있는 것으로 인증하고
불평도 불만도 없이 반백년을 조용히 살아왔다

그것은 아마도 나를 넘어지지 않게 붙들어 주는
구심점이 나도 모르는 사이에 내 삶을 형성하고 있었나 보다.

어느 날 훌쩍 예고도 없이 그 구심점은 사라졌다
내가 겪어야 할 이 현실적인 문제점은 무엇일까

내가 너무나 혼란해서 어쩔 줄 몰라 방황해야 하는가
아니면 속박에서 벗어난 망아지처럼 자유를 만끽해야 하는가

옛날에는 구심점에 대한 가치가 그렇게 소중한 줄을
미처 몰랐다
사라지고 난 지금에사 그 가치를 알게 되다니
이것이 미련한 인생인가 보다

있을 때 좀 더 잘할걸…
행복하다고 좀 더 깨달았더라면
나의 삶은 얼마나 더 아름답지 않았을까…

그냥 그대로 뚜벅뚜벅

무어라 표현 할 수 없는
이 마음의 상태는 무엇인가

허전함인가 외로움인가?
무엇으로라도 채울 수 없는 뻥 뚫린 것 같은 이 공백은…

그가 떠나고 난후
그 누구의 전화 로도 위로의 말로도
해결 할 수가 없다

혼자 왔다가 혼자 가는 인생이라고
쉽게들 말 하지만 철없는 어린 아이도 아닌 지금

모든 세월을 함께 설계하고 걸어 왔던 인생길
이제 다시 혼자가 되고나니

이 혼자만의 길이
어쩌면 이리도 낯설고 어색한가
무엇을 해야할지 마음의 정리가 되지 않는다

나의 세월이 끝날 때 까지
그냥 뚜벅뚜벅 걸어야 하나?

순수

마음의 모양이 순수한 사람은
솔직 담백한 시를 쓴다

거울을 보는 것 같이
마음을 다 보이고

부끄러움을 숨기 고자 하는
내숭 떪이 없이

바보처럼 자기 마음 내뱉는다
얼마나 깨끗하고 아름다운가?

온 세상은 먹물처럼 새까만데
흰 눈꽃 뿌려 뿌려 하얀 세상 만들려고

애 쓰는 그 모습
가련하고도 애처롭다

고독

하루, 온종일을
벙어리처럼 나는 소리를 내지 않습니다.
앞을 보아도 옆을 보아도
대답할 일이 없으니
나는 그냥 잠잠하기만 합니다.
TV를 켜 보아도
그들은 자기네들끼리만 분주합니다.
동트는 새벽부터 해 지는 저녁까지
나를 불러주는 사람 없어
나는 말을 잃어버립니다.
이것이 그 옛날에 귀로만 듣고 흘려 버렸던
고독이란 것일까요?
병든 남편이 침대에 누워서 힘겹게 부르던
"여보"
그 소리라도 한 번 더 들어 보았으면…

공백

무언가를 해야 되는데
하지 않고 있을 때의 그 찜찜함
그것이 무엇일까
일상으로 습관처럼 행해 오던 모든 일이
중단되었을 때의 이 느낌은
허전하다고 해야 하나
편하다고 해야 하나
어쨌든 가슴 한가운데 가
큰 구멍이 난듯한 느낌으로
무언가 표현 못 할 찐한 공백감이 밀려온다
언제나 웃고 있는 그의 사진을 보면서
혼자 가만히 중얼거려 본다
좋겠구려 당신은
항상 그렇게 웃을 일만 있으시니…
피아노 위에서 미소 지으며 내려다보고 있는 당신께
평소에 그렇게 좋아하시던 이 찬송 한 곡
피아노 소리로 보내 드립니다
"내 맘의 주여, 소망 되소서 언제나 주님은 나의 기업…"

1960년대 시詩

1980년대 산문散文

2002년대 시詩

2008년대 수필隨筆

2008년대 시詩

2020년대 시詩

2020년대 수필隨筆

존재감

늙으면 늙은이답게 변해 주어야 그것이 아름다운 것인가?

머리는 하얗게 세어야 하고 허리는 꼬부라져야 하고 목소리는 힘이 없어져야 하고 생각은 어리석어야 하고 그것이 당연하게 보여주어야 늙은이답다 인정해 주는가?

내 목소리가 옛날같지 않다 했더니 젊은이들은 웃었다.

그것이 내 귀에는 비웃음 같이 들렸다. 마치 늙은이다운 마음을 가지라는 것 같은…

이같이 늙는다는 것은 그 자체가 죄악이고 파렴치한이고 아무 필요도 없는 무가치한 존재인가?

그래서 옛날 지혜로운 정치인들이 인간 칠십만 되면 고려장이란 것을 만들어 살아있는 늙은이를 땅속에 묻어 버렸는가?

비단 먹을 것이 모자라서 인구를 줄이겠단 생각뿐만은 아니었을 것이다. 그런데 어쩔 수 없이 팔십이 훌쩍 넘었음에도 살고 싶다는 의욕이 넘쳐흐르고 지나온 젊은 시절을 되새기려고 애쓰고 노력한다면 그것은 추한 늙은이가 되는가?

도대체 백 살 동안 사는 사람들의 마음 가짐은 어떤 모양일까?

존재감 나의 슬픈 존재감!

　죽기 싫어서가 아니라 죽지 않아서 오는 자기의 무가치한 존재감…. 아무도 대신 당해 줄 수 없는 늙은이란 이 슬픈 존재감 때문에 나는 언제나 해결할 수 없는 공백 속에서 헤메인다.

언제나 감사의 조건을 찾는 마음의 자세

위대한 철학자 소크라테스는 언제나 감사의 꽃밭에서 살았다고 한다. 가난하게 사는 것도 병들어 사는 것도 모두 감사. 그로 인해 주님께 더 가까이 갈 수 있다는 것.

인생으로 태어난 모든 사람에게는 나름대로 희로애락이 다 있다. 그것을 감당할 수 있는 마음의 그릇이 주어진 사람 그가 가장 행복한 자인 것이다. 그러므로 나는 행복하다 생각하면 행복은 내 것이 된다. 남과 비교 하는 것은 어리석은 일 주님의 은총이 언제나 나를 지킨다는 이 믿음이 세상에서 가장 행복한 나를 만든다.

성경 말씀이 내 속에 들어와서 인격화되는 것 그것이 진정한 신앙이다. 예수님처럼 완전하신 분을 닮아 가는 것 그것이 믿는 사람의 소망이 아닌가? 소망으로 끝나는 것이 아니라 음식을 먹어 내 몸의 피와 살이 되는 것처럼, 주의 말씀을 심령으로 먹어 내 인격이 그렇게 변화되고 사랑의 화신이 되는 것 그것이 바로 신앙인이다.

하늘은 스스로 돕는 자를 돕는다는 옛 격언이 있다 '케세라세라', '될 대로 되어라'가 아니다. 자기의 의지를 잃지 않고 기어코 해 보고자 하는 자를 도우시고 그렇게 행할 때에 지혜를 주시고 힘을 주신다. 교회 생활과 가정생활과 사회생활을 함께 아우르며 성실하게 자기 통제를 할 때, 흙수저와 금수저를 함께 이기는 법을 터득할 수 있다.

그러므로 우리는 주어진 하루하루를 아무 의미 없이 살지 말고 언제나 깨어서 자신을 살피며 무게 있는 삶을 살아야 할 것이다. 그리고 매일 매일이 감사로 넘치도록, 감사를 습관처럼 입술에 되뇌며 살아야 할 것이다 항상 감사의 조건을 찾으면서 말이다….

자유

남편이 떠나고 난 후, 나는 약간은 외롭지만 너무나 편안한 삶을 살고 있다.

무한대의 나의 시간, 어느 누구에게도 간섭을 받지 않는 24시간의 하루 시간은 어쩌면 이리도 자유스러울까?

살면서 누군가의 간섭을 받지 않는 것이 이렇게도 편안하고 자유스럽다는 것을 전에는 미처 몰랐다. 공동체의 삶이 중요하다고 하지만, 자유를 갈망하는 사람에게는 때로는 혼자 있는 것이 오히려 한없는 즐거움이 될 수도 있다. 인간의 일생 이란 물론 사람마다 다 다르겠지만 결혼이란 제도 속에 들어가게 되면 일단은 상대편의 인생 속에 자기의 인생을 들여놓게 된다.

그것이 어떤 사람에게는 행복한 나들이가 되는 사람도 있겠고, 어떤 사람에게는 길고 긴 거친 들판의 출발점이 되는 사람도 있을게다. 어쩌면 나 아닌 다른 사람과의 공동체 삶의 출발…. 너무나 부자유스럽고 어색하고 불안한 상태. 자기를 억제하고, 인내하고 희생해야 할지 모르는 새로운 삶. 얼마나 잘 극복해야 행복이란 것이 올까?라는 한없는 숙제를 짊어지고….

나는 이 모든 과정을 거쳐 왔다. 나의 지난 삶이 그저 공백의 삶이 아니고 약간의 아니면 무척이나 많은 보람 있는 삶이었다 할지라도 과거는 이미 과거이고, 오늘 나는 길다면 길고 짧다면 짧은 이 인생길에 혼자 우뚝 서 있다.

나의 길은 지금까지 걸어 온 길보다 훨씬 더 짧게 남았다. 그것을 스스로 인정 하면서도 이 남은 나의 길을 어떻게 설계할까 생각해 본다. 이 자유를 마음껏 만끽 해 볼까? 마치 그 많은 시험을 치르느라 머리 싸매었던 학창 시절을 끝내 버린 초년생 사회인처럼….

그러나 인생 이란 그리 쉽고 만만한 존재가 아니다 길거리 굴러다니는 돌맹이 같은 무생물이나 인생을 위하여 지어진 동물이나 식물과 다르게, 인생에게는 영혼이 있고 따라서 감당해야 할 사명이 있다. 그러므로 내가 지금 누리고 있는 이 자유가 진정한 자유가 아닐지 모른다.

무언가를 남은 내 길 위에 가득 채워야 할 것이다. 그리고 마무리를 해야 한다.

그야말로 그 아름다운 마무리를 위해서 애쓰고 힘써 내 자유를 보석처럼 빛나게 꾸며야 한다. 그때야 비로소 나는 진정한 끝맺음을 하고 만족한 자유를 누렸다고 말 할 수 있으리라.

길을 걷다 인생을 걷다

약 2년 전 우리가 이사 온 이곳 용인의 민속 마을 쌍용아파트 주위에는 아파트 주민을 위하여 만들어진 둘레 길이 있다.

아파트 자체가 낮은 산을 깎아서 만든 곳이라 공기도 맑고 조용해서 좋기도 하지만 어떤 사람은 이 산책길이 좋아서 이곳으로 이사 왔다는 사람도 있다.

주민들의 대부분이 은퇴한 중년 이상의 사람들이 많은 것 같고, 우리 또한 은퇴를 훌쩍 넘은 팔십대의 노인층이다 보니 팔십 고개로 접어들면서부터 유튜브에서 교과서처럼 되뇌는 '걸어라, 걸어야 한다'는 소리···. 그 때문에 나는 때로는 귀찮을 때도 있지만 의무처럼 이곳 왕복 1600m의 길을 걷고 있다. 멍석으로 만든 조직 같은 약 2m 폭의 산책길 바닥은 비가 와도 물이 고이지 않고 눈이 와도 미끄러질 염려 없는 참 편안한 길로 잘도 만들어 놓았다. '두 사람이 대화를 나누며 걸으면 얼마나 멋진 길일까?' 생각해 보며 나는 혼자 걷는다.

남편은 도무지 걷기를 싫어하는 사람인데 지금은 더구나 몸이 불편해서 더 권할 수가 없다. 이따금 간간이 젊은 사람이 보이긴 하지만 거의 대부분 노년층인 것 같다. 간간이 지팡이를 짚고 불편한 다리를 이끌고 가는 사람도 있다. 나는 가고 저쪽에서 오는 사람과 마주치면 "안녕하세요?" 인사가 목구멍까지 올라왔다가

도로 들어간다. 무심코 인사했다가 답을 받지 못하고 무시당한 그 느낌을 몇 번이고 겪었기 때문…. 왜 이럴까? 나도 역시 한국 사람이지만 왜 이렇게 우리나라 사람들의 표정엔 굳은 무정의 모습들만 가득할까? 옛날과 달리 지금은 모든 면에서 여유 있는 우리 민족이 아닌가?

서로서로 마음을 열어놓고 대화를 나누며 산다면 훨씬 더 부드러운 우리의 삶이 되지 않을까?

나보다 뒤에 온 사람이 소리 없이 옆을 지나간다 한 사람 또 한사람…. 슬그머니 화가 난다 나도 예전엔 참 잘 걸었는데…. 보폭이 좁아서인가? 다리가 빨리 움직이지 않아서인가? 속력을 내어 걸어 보려고 애를 써도 뒤에 오는 사람이 훌쩍 더 내 앞으로 걸어간다. 자기를 인정 하자 '누가 나를 기다리는 사람도 없는데 뭘!' 하고 자위를 한다. 그러면서 나의 인생길을 되돌아본다. 얼마나 열심히 살아왔던가? 옆 사람에게 뒤지지 않으려고 시간을 쪼개어 가며 먹는 것을 아껴 가며 부지런히 좇아 왔는데 그 보람이 무엇이었던가?

인생의 참된 가치는 나 아닌 이웃에게 유익을 주는 것, 남들의 마음을 흡족하게 하는 것. 글을 쓰던지 정치를 하든지 사업을 하든지 그 모든 것의 목적은 이웃을 위한 사랑이 아닐까? 그럼에도 입술로는 한없이 부르짖으나 실적은 너무나도 부실하다. 살아온 날보다 앞으로 살아갈 시간이 훨씬 적은 이때에 무엇을 해야 이 부실함을 채울 수 있을까? 언제나 나는 전전긍긍 한다.

길을 걸으면서 인생을 걸으면서 정답도 없는 사색 속에 잠기기도 한다.

두 종류의 사람

나의 편견일지는 모르지만, 인간에게는 두 종류의 사람이 있는 것 같다.

책임감이 강하여 매사에 책임을 느끼고 주어진 책임을 감당하기 위해 언제나 전전긍긍하며 남에게 빚지고는 못살고 언제나 베풀기를 기뻐하며 매사에 최선을 다하고자 애쓰는 사람이 있는 반면, 받는 것만 챙길 줄 알고 주는 것은 모를 뿐 아니라 남에게 받는 것도 감사하다고 느끼기보다 무슨 핑계를 하든 당연하다고 생각하는 사람…. 정말 몰염치한 사람들이 세상에는 많다.

입으로는 공치사를 화려하게 하면서 돌아서서 입을 빗죽이고 남에게 흉보기를 좋아하는 사람, 은혜를 받고도 갚을 줄 모르는 사람….

인생을 왜? 그렇게 살아야 할까? 인생 중에 이런 사람은 몇 %나 될까?

전자와 후자를 생각할 때 우리는 절대로 후자와 같이 되어서는 안 될 것이다. 그렇게 되면 세상이 어두워진다. 어두워진 세상은 참으로 무섭다. 온갖 야수들이 활개를 치며 자기들의 그 악한 눈의 잣대로 세상을 설계하고 건축하여 자기들의 편리대로 끌고 가서 필경 너나없이 함께 망하고야 마는 세상을 만들 것이다. 이것이 바로 악한 마귀 사탄이 하나님께서 만든 아름답고 축

복된 땅을 투기와 교만으로 짓밟아 자기의 모습처럼 무서운 아비규환 지옥으로 만들려고 하는 것이 아닐까?

하나님이 아름답게 만들어 주신 인생과 세상을 종잇장을 손안에 넣고 무참히 구기고 부벼 쓰레기로 만들어 버리듯이 사탄은 그러한 계획을 하고 있다 그것을 위하여 달콤한 유혹 거리를 온갖 못된 지혜를 가지고 만들고 있을 것이다. 인간이 여기에 넘어지면 절대로 안 된다. 욕심이란 악한 두 글자를 완전히 자기에게서 제거 해야 한다.

"욕심이 잉태한즉 죄를 낳고 죄가 장성한즉 사망을 낳느니라"

이것이 전지전능하신 하나님의 말씀이다.

쿠팡

누가 만든 프로젝트일까? 이 쿠팡을 알고부터 나는 얼마나 생활에 도움이 되고 고마운 줄 모른다. 주문만 하기만 하면 집으로 배달해 주지, 큰 것 작은 것 할 것 없이 무엇이든지 매장을 찾아가지 않고 손가락으로 주문만 하면 되니 이 얼마나 편리 한가?

멀리 있는 친지에게 조그마한 선물 하나 보내려고 전에 같으면 그 먼 우체국까지 찾아가야 하는데 지금은 주문하고 주소만 가르쳐 주면 순식간에 배달이 된다. 또한, 이 시대는 쿠팡뿐 아니라 인터넷으로 모든 것이 이루어진다. 어쩌다 이해 하기 어려운 단어를 찾는 것부터 축의금 부의금 할 것 없이 계좌 번호만 알면 우리나라 어느 곳에라도 다 보낼 수 있는 이 편리 한 시대. 이러한 시대를 사는 우리가 과연 행복한가? 누구의 덕분일까? 과학자들의 피나는 노력 덕분일 것인데도 그들의 고마움과는 아랑곳없이 그 열매를 따 먹고 사는 우리들의 생활 태도가 마땅히 감사가 넘쳐야 하는 시대인데도 TV를 켜면 들려 오는 소식은 온통 어지러운 소식뿐이다. 옛날 그 불편한 시대를 살아왔던 나로서는 이 모든 현상이 경탄함과 동시에 불안이 앞선다.

내일은 또 어떤 소식들이 있을까?

모든 것이 편리한 이 사회에서 모두가 즐겁게 살도록 사람의 생각들이 다 아름다우면 얼마나 좋을까? 서로 돕고 협조하면 피차 행복할 것인데, 조급한 인생이 이해타산으로 서로 빼앗고 빼앗기며 참지 못하여 층간 소음 때문에 살인까지 나고 나라 안에서는 정치인들의 당파 싸움, 나라 밖에서는 국가간의 전쟁. 러시아와 우크라이나의 전쟁 소식은 가슴을 서늘하게 한다.

우리에게도 이 같은 어려움이 닥치지 않는다고 누가 보장할까?

왜 이렇게 되어 갈까?

그 옛날 인류의 조상 아담과 하와가 하나님과의 약속을 배반하고 선악과를 따 먹었던 결과가 오늘날 이 같은 비참한 현실을 맛보게 하는가?

이 땅에 악^惡이 없고 선^善만 있었다면 모든 인류는 오늘날 얼마나 행복하게 살 수 있지 않을까? 우리는 하나님께 빌고 또 빌어야 한다. 이 검은 죄악이 하얗게 씻겨질 때까지 회개의 눈물로 바다를 이루어야 한다.

감사 노트

CBS 방송국에 약간의 정기 후원금을 보내었더니 어느 날 감사 노트 한 권을 선물로 보내왔다. 뜻밖이라 생각하고 무엇을 기록 할까? 생각하다가 문득 깨달았다 내가 감사할 것이 어디 한두 가지뿐이냐? 기록을 안 해서 그렇지 나는 언제나 매 순간마다 감사를 느끼며 산다. 그러면서도 금방 잊어버린다. 영육 간에 못나기만 한 나에게 하나님은 무엇 때문에 이 같은 은혜를 베풀어 주시는 것일까? 온갖 자질구레한 것을 통하여 느껴지는 감사를 지나쳐 버리지 말고 한번 기록 해 보라는 것일 게다.

　마음으로 생각하다가 잊어버리는 것보다 기록해두면 훨씬 더 오래 실감 나게 간직하게 되는 것이 아닐까? 해서 여러 가지 감사 중에 현실감 있고 가슴 깊이 느껴지는 사람에게 받은 한두 가지를 기록해 보기로 했다.

지금부터 약 10년 전에 알게 된 K목사님이 있다.
　그는 장애로 인해 한번 천국과 지옥을 순례하고 왔다고 말씀하셨다. 지금 위도 없고 한쪽 눈도 없고 손가락도 한 개 없고 다리도 완전치 못해 지팡이를 짚고 다닌다. 그러면서도 자기의 사명을 감당하기 위해 봉사 활동을 중지하지 않는다. 목사이면서 목회를 하지 못하니 봉사 활동을 통해 복음을 전하자고 결심하고 소록도 나병 환자들께 김밥 봉사를 하고 감옥에서 수감 생활하고 있는 죄수들에게 복음과 음식을 제공하고 일선 지방에 있는 군인들에게까지 봉사한다. 물론 혼자서 단독으로 하는 것은 아니고 후원자들을 모집하여 물질도 모으고 노동력도 모아 함께 봉사한다.

그의 소신은 "주는 것이 받는 것보다 복이 있다"는 주님의 말씀이다.

천국에 가보니 그렇더라고 고백했다. 이 말씀을 실천하는 것이 그리 쉬운 일인가? 어느 누구든지 자신의 희생과 헌신이 없이는 남을 도울 수 없다 비록 작을지라도 나의 물질과 시간을 남을 위해 쓴다는 것 입으로는 쉽게 말하지만 실천하기는 너무나 어렵다 K 목사님은 재주가 많아 그림도 잘 그리고 팬 글씨도 너무나 잘 써서 꼭 팬으로 직접 그림을 그리고 편지를 써서 매달 초하루만 되면 안부 편지를 보낸다. 어떨 때는 '늘 자주 보는데 뭣하러 수고스럽게 편지를 보내나?' 싶을 때도 있지만 그 지극, 정성은 높이 살만하다.

그뿐만 아니다 한 주일에 한 번씩은 우리 집에 김밥 두세 줄이나 빵 몇 개, 고구마튀김, 음료수, 죽 등을 번갈아 가며 멀리 떨어진 자기 집에서 오토바이를 타든지 승용차를 이용하여 가져온다. 우리 집뿐만 아니라 여러 집에 봉사하는 것 같다 많이는 아니다. 꼭 한번 먹을 것…. 아무나 할 수 있는 일일까? 기타를 치며 교회에서도 봉사한다. 온 교인들을 위해 주일날 김밥 봉사를 하기도 한다. '목사님보다도 사모님은 얼마나 힘들까?' 생각

될 때도 있다 사모님 역시 천사 같은 사람이다.

그도 여러 가지 재주가 있어 낮에는 아르바이트해서 가정을 도우고 노인복지센터에서 무료 미용 봉사도 한다. 그들의 그 아름다운 봉사 활동에 나는 말을 잃을 때가 있다.

나 같으면 저렇게 할 수 있을까? 지금도 진행 중인 그들의 그 아름다운 삶에 나는 큰 박수를 보낸다. 감사를 아끼지 않는다.

또 하나 소개할 것은 어느 여자 목사님의 이야기다.

L목사님은 자기 딸 3명의 결혼 주례를 해 주고 또 자기의 재혼 주례를 해 준 은사 목사님을 잊지 못한다고 늘 우리에게 봉사한다. 반찬을 만들어 오고, 외식으로 대접을 하고.

4,15 총선을 치르고 이튿날 우리가 지지했던 당이 참패를 당한 모습이 너무나 화가 나서 울적한 마음을 갖고 있는데 L목사 내외분이 연락했다. 차를 새로 바꾸었는데 목사님 내외분 모시고 식사를 대접하고 싶다고…. OK하고 감사하면서 그들의 차를 타고 11시 30분에 집에서 출발했다. 어디로 가는지도 모르고 승차했는데 승차감도 좋고 날씨도 좋아서 화창한 봄날의 꽃과 신선한 공기를 만끽하면서 그들의 안내를 따라갔다. 꾀 먼 길을 지나 어느 야산 밑에 있는 메기탕 집으로 갔다.

"오늘은 점심과 저녁을 하시고 가셔야 해요" L목사의 선언이었다.

그렇게 고급 식당 같지는 않지만 산골 마을 속에 자리 잡은 제법 정감이 가는 식당이었다. 오늘은 손님들이 많은 것 같았다 코

로나 예방을 위하여 모두 마스크를 끼고 사람 간의 거리 두기를 그렇게 방송을 통해 강조하고 있지만, 이곳은 전혀 그러한 느낌 없이 상마다 가까이 앉아서 이야기꽃을 피우며 식사 들을 하고 있었다.

우리가 앉은 옆자리에도 연세가 꽤 많아 보이는 남자 어른들 다섯 명이 식사하면서 총선 결과에 대한 울분으로 분통을 터뜨리며 저마다 한마디씩을 했다. 그들의 느낌이 우리의 느낌을 대변하는 것 같아서 속이 시원했고 갑자기 친밀감 같은 것이 들어서 그들과 인사도 주고받았다. 식사 마친 후 호수의 가장자리를 연결하여 나무로 만든 산책길을 걸으면서 L목사와 나는 남편 목사들과 떨어져서 우리만의 상담의 시간 들을 가졌다. 특히 L목사는 어린 시절부터 고생 많았던 중년 시절, 지금 노년에 접어든 재혼의 삶과 딸들의 행복한 삶들을 호소 반 자랑 반 삼아 쉴 틈 없이 이야기를 이어 갔다. 마치 한 권의 소설을 읽어 가는 것처럼 구체적이고 세밀한 그의 이야기는 만날 때마다 되풀이되었기 때문에 이미 내 마음속에는 한 문장으로 자리 잡고 있었다.

그러나 들어도 들어도 싫증이 나지 않는 이유는 순수함과 진실함이 깃들여 있었기 때문이다. 나는 말없이 수긍했고 이따금씩 "그래" 하고 대답해 주었다. 나보다 10살은 더 젊은 그였지만 워낙 겪은 고뇌의 시간들이 많아서인지 그의 역사는 나의 역사보다 더 길이가 긴 것 같았다. 돌아오는 길에 어느 추어탕 집에서 저녁 식사까지 하고 차 안에서도 계속 그의 립 서비스를 받으며 지루하지 않은 하루를 만끽하고 돌아왔다. 언제 까지나 그들의 이 사랑의 봉사는 잊지 못할 추억이 될 것이다.

관심

며느리가 퇴근하면서 "어머니 오늘도 평안하셨어요?" 하고 들려주는 그 전화 소리가 얼마나 내 마음을 흡족하게 해 주는지 모른다. 어제 저녁에도 함께 밥을 먹었건만 오늘도 이렇게 쉬지 않고 퇴근할 때마다 고마운 전화를 해 준다. 아침에는 딸들이 저녁에는 며느리가 이같이 늙은 나에게 관심을 가져 주니 내 자식들은 정말 효자들인가보다. 고맙고 감사하여 언제나 가슴이 벅차다. 이것이 나의 삶에 얼마나 큰 활력소가 되는가? 나는 모든 젊은이에게 "제발 전화 한 통화라도 자주 부모에게 해 드려라" 권하고 싶다. 늙은이는 책임져야 하는 일 들이 없어져 가니 마음에 빈구석들이 많다. 무엇으로라도 메꾸어야 하는데 자식들이 가져 주는 관심은 거진 90% 이상 차지하는 것 같다. 많은 효도를 바라지 않는다. 관심 가지고 안부를 묻는 것 그것이야말로 큰 몫이다.

이웃들이 스마트폰에 카톡을 보내 주는 것, 그것도 또한 얼마나 마음을 기쁘게 해 주는지 모른다. 아침 식사 후 거실에 앉아 스마트폰을 켜고 카톡을 점검하고 보내 준 것을 즐겁게 보고 답장도 해 주는 것이 나의 일과 중의 하나이기도 하다. 카톡을 받고 또 보내는 것 친구와 지인들을 향한 관심사가 아닐까? 늙은이들은 다리도 약하고 자질구레한 질병 들이 다 있어서 젊을 때처럼 마음껏 가고 싶은 곳을 갈 수가 없다. TV 뉴스나 지인들에게서 오는 카톡이 아니면 세상사가 어두워질 수밖에 없다. 그러므로 부지런히 이웃에 대한 관심을 가지고 보내고 받고 하는 이 행위가 조금은 보람 있는 일이지 않을까? 내 눈으로 볼 수 있고 귀로 들을 수 있고 손으로 글을 쓸 수 있는 한 이웃들에게서 받고 내가 또 보내고 하여 모든 사람에게 따뜻한 관심을 가지며 살아갈 것이다 나는….

젊다는 것

지인들이 나를 보면 모두 젊다고들 한다. 80이 넘은 할매가 젊으면 얼마나 젊을까?

그들은 나의 얼굴과 몸을 보고 말하는 것이 아니라, 생각과 행동을 보고 말하는 것일 게다.

되도록이면 활발하게 명랑하게 말도 힘차게 하려고 애쓴다. 뿐만 아니라 나는 언제나 모든 것에 긍정적인 마음으로 산다. 군이 외로운 듯이 슬픈 듯이 피곤한 듯이 살 필요가 무엇일까? 남에게 자녀들께 근심 걱정 끼칠 필요가 무엇이냐? 나의 이 말이 동년배 늙은이들께 고깝게 들릴 수도 있다 비난도 받을 수 있겠지? 하지만 내가 슬픈 듯 불만스러운 듯 살면, 기쁨과 만족함이 내게 찾아오나? 차라리 행복한 척하고 살면 행복이 오히려 찾아주지 않을까? 늙어서 어쩔 수 없이 오는 모든 질병 그것들도 친구하고 살자. 그러다 보면 세월은 잠깐 지나간다. 천국 가서 행복하게 살 것을 꿈꾸며 나머지의 모든 시간 들을 감사로 가꾸며 살아가자.

아직은 나도 젊다고 생각하면서 말이다….

미장원엘 갔었다

미용사 말하기를 "파마를 못 합니다. 머리카락이 너무나 약하고 상해서 잘 나오질 않습니다. 몇 번 겉만 하세요…."

그렇다 내 머리의 형편이 말이 아니다. 머리숱이 적어져서 머리 밑이 훤히 보이고 그나마도 올라오는 머리가 하얗게 세어오니 꼴이 말이 아니다.

늙은이의 머리가 하얗고 빠지는 것은 당연한 것이련만 아직 내 마음이 이 모습을 받아들일 자세가 되어 있지 않은 모양이다. 내 마음이 몸보다 젊은 탓일까?

모자를 써본다. 여름, 겨울 각각 다른 모자를 써야 하고 장소에 따라 다른 모양의 모자를 바꾸어 써야 한다. 왜? 이렇게 불편한가? 이 모습 이대로는 남들 앞에 서기가 아직은 내 자존감이 용납하기가 싫다.

가발을 써볼까? 모자나, 가발이나 내 것이 아닌 것은 마찬 가지고 따지고 보면 얼굴에 화장을 하는 것도, 마음에 드는 좋은 옷을 골라 입는 것도 다 나를 잘 보이게 하기는 마찬가지니 개의치 말고 가발을 써보자 생각하고 최소한 자연스러운 가발을 골라 써보았지만, 평소에 아는 사람이 "가발이에요?"하고 질문했다. 자존심이 상했다.

예쁜 옷으로 바꿔 입었을 때 "아이구 예쁘네요"하는 말과 다를 바가 없건만 자기의 양심을 속이는 듯한 그 무엇이 나의 마음을 찔렀다. 모자를 벗고, 가발을 벗고, 화장을 지우고 아무 옷이나 걸치고 이 모습 이대로 사는 것이 얼마나 편안한가? 그러나 그것은 나를 바라보는 이웃이 없고 나 혼자만 있을 때이다.

인생은 어차피 혼자만 살 수 있는 것이 아니다. 때문에 못생긴 나를 감추고 남에게 조금도 추한 모습 보이기 싫고 늙은 모습 보이기 싫어 운동도 하고 예쁜 옷을 사 입기도 하고 머리 모습을 바꾸어 보는 것이 무엇이 그리 잘못된 것일까? 스스로에게 자문해 본다. 용납하자 나를 인정하자. 아직도 이만한 마음을 가질 수 있는 나의 젊음을 칭찬하자.

세상만사가 귀찮아 내 추한 모습도 부끄러운 줄을 모르는 때가 오면 얼마나 비참 해 질까? 비참 해 지는 것마저 인식하지 못하면 그때는 죽는 것이다.

죽기 전까지 나 자신을 마음껏 해방 시켜주자. 이 팔순이 넘은 노친네의 마음을 누가 비웃을 것인가? 손가락질하고 비웃는다고 해도 개의치 않는다.

이것이 나의 철학이다….

엘이디^{LED}전등

"할머니 집은 왜 이렇게 어두워요?" 어린 손자가 집에 오면 하는 말….

남편은 매사를 절약하는 절약형의 사람이라 모든 것을 아끼고 절약한다.

전등도 거실에 세 개가 있는데 꼭 두 개는 끄고 하나만 쓰고 주방에도 두 개 끄고 하나만….

심지어 휴지 한 장도 반으로 잘라 쓴다.

눈이 좋지 못한 나는 항상 어두운 것이 싫었다. 그래서 늘 마음에 불만이 가득했지만 참고 그를 따라 살아가다 보니 휴지 한 장도 반으로 잘라 쓰는 것이 내게도 자연스레 습관이 되었다.

아파트 관리실에서 전기 절약도 되고 밝기도 더 좋은 LED 전등으로 교체하자는 의견이 나왔다. 돈이 좀 들기는 하지만 기회다 싶어 의논 끝에 온 집의 전등을 다 교체 하기로 했다.

자그마한 장식용 전등만 두고 다 교체 했더니 100만 원의 대금이 나왔다. 물론 최대한으로 에누리한 대금이었다.

이 전등이 얼마나 더 밝고 좋은지를 잘 몰라 그렇게 큰 기대하지는 않았지만, 막상 바꾸고 보니 얼마나 밝은지….

전기가 절약되니까 남편도 이제는 끄지를 않는다.

이렇게 환하고 밝으니 눈만 밝은 것이 아니라 마음까지도 밝아진다.

밝음과 어두움의 차이…. 어두움이 우리의 시야를 가리우면 답답하고 불편하여 괴로움이 동반한다.

나는 이 전등 하나 교체하여 밝고 기분 좋은 순간 들을 생각하며 인간의 마음을 생각해 본다.

인간의 마음은 눈에 보이는 세계보다 훨씬 넓고 깊다고 생각한다. 인간의 상상 세계는 무한대이다. 그 무한대의 공간이 죄악의 어두운 쓴 뿌리로 가득하다면 그 사람은 어떻게 될까? 이 땅에서 일어나는 온갖 무서운 범죄는 다 그 어두운 곳에서 생성되고 실현된다.

빛이 없는 세계…. 그곳이 바로 지옥이다. 나는 이 땅에 사는 모든 사람이 바로 이 어두움에서 탈출하여 빛의 세계로 오기를 소망한다. 이 땅의 모든 사람의 마음이 어두움의 세력을 몰아내고 빛으로 환하게 밝아 기쁨과 즐거움과 사랑만이 가득하다면 이곳이 바로 천국이 아닐까?

하나님은 이것을 위하여 의롭고 진실하고 정직하며 참된 사랑의 길을 걷게 하는 성경 말씀을 주시고 독생자 예수 그리스도를 이 땅에 보내사 인류의 모든 죄를 담당하도록 십자가에서 죽게까지 하셨건만 깨닫지 못한 인생들….

죄악의 길로, 지옥으로, 어두운 곳으로 가고만 있다.

이사를 가다

2009년 4월에 우리는 남편의 은퇴를 계기로 하여 이곳 계룡시로 이사를 왔다.

복잡한 도시를 벗어나 이곳 계룡시는 조용하면서도 깨끗하고 공기도 좋을 뿐 아니라 경치도 좋고 사방이 산으로 둘러싸여서 아늑하여 느지막한 나이에 접어든 우리로서는 너무도 안성맞춤으로 좋은 곳이었다.

게다가 시청을 비롯해 우체국, 은행, 보건소, 대형 마트까지 생활에 필요한 모든 것들이 구비 되어 있어서 아쉬움도 없이 훌쩍 5년의 세월을 보냈다.

그런데 갑자기 대전에 일이 생겨서 다시 이사를 하지 않으면 안될 피치 못할 사정이 되고 말았다. 고작 5년의 세월 잠깐 지난 것 같은데 생활의 쓰레기들은 왜 이렇게 불어났을까?

버려도 버려도 끝이 없다. 5년 전에 가지고 왔던 것들, 베란다 창고에서 잠자고 있었던 것들 하며 다 꺼내어 놓으니 고물 장사에게 넘겨 줄 것만도 자그만 트럭에 하나 될 것 같다.

꼭 필요한 것들만 챙겨서 살면 되었을 것을 왜 이토록 욕심스럽게 이것저것 긁어모아 살았을까? 스스로를 돌아보며 반성을 하기도 한다. 그러나 돌이켜 자신을 배려하는 따뜻한 마음으로 생각해 본다면 지금 보다 한 나이라도 더 젊을 땐 필요한 것도 더 많이 생겼을 테고 갖추고 싶은 것도 더 많았겠지…. 예쁜 옷을 보면 사고 싶고 신발도, 그릇도…. 그래서 살림은 불어나게 마련이고….

버릴 때는 버릴 값에라도 더 갖추고 살고 싶어지는 것이 인간의 마음….

나는 타인의 입장에서 나를 보며 용서하고 이해하려고 생각한다. 나의 살림살이 불어나게 하기 위해 남에게 누를 끼치지 않았을 진데, 조금도 비난할 것도, 욕할 것도 없다. 그러나 더불어 사는 이 사회에서 어깨를 겨누고 서로 경쟁하듯 살아가는 이 상황을 생각해 본다면 나는 좀 더 자중하며 검소하게 뇌리를 좁히며 몸의 평수를 줄이며 살아왔더라면 내 마음의 평안에 플러스가 되지 않았을까…?

나이가 들수록 가치관이 달라지고 행복 지수의 모양이 달라지는 이 때에 한 번만 더 심사숙고해 본다면 나의 앞으로의 삶의 질이 바뀌어지지 않을까 생각 되어 진다. 명예도, 물질도, 의욕도 한가지로 퇴색되어 더 좋고 더 기쁜 것 없이 모든 것이 평준화되어가는 이 머리로 나의 마지막 생애에 가장 보람차고 값진 것이 무엇일까를 꼼꼼히 생각해 보고 싶다. 옛날 속담에 '되로 받고 말로 준다' 는 말이 있듯이 이 한평생 살면서 내가 남들에게 받은 모든 사랑을 말로 주듯이 몇 배나 갚아주고 가고 싶다. 이것이 나의 거짓 없는 소망이다.

가는 정 오는 정

인생은 묘한 감정의 소유자로서 아무것도 아닌 것 가지고 생명이 오고 가고 할 정도로 감정의 소용돌이가 크다. 흔히 일어나고 있는 층간 소음만 봐도 그렇다. 그것이 무엇이라고 피차 조금만 참고 이해하면 될 것을 살인까지 저지르게 되는 모습은 참으로 기가 막힌다. 워낙 살기가 힘든 세상이 되어서 인지는 모르지만, 인간의 감정은 자꾸만 더 각박해져 가는 것 같다. 남을 말해서 무엇 할까? 나 자신을 바라보며 쓴웃음을 웃어 보았다. 내가 옛날에는 이렇질 않았는데 지금 80세를 넘기고 보니 옛날에 스스로에게 '나는 견인주의자'라고 외치며 온갖 어려움도 참고 견디고 잘 감당해 나갔을 때가 정말 있었나 싶기도 하다. 요즈음은 성질 급한 내가 상대방이 조금만 꾸물대도 고함 소리부터 먼저 나간다. 옛날이야 어찌 되었든 지금은 내가 폭군으로 변해 가는가? 한편 생각을 바꾸어 나 자신을 용서도 해 보고 이해도 해 보려고 한다. 얼마나 오랫동안 오직 참고만 살았으면 이제 이렇게 폭발하는 것일까? 성경에는 "선을 행하다가 낙심하지 말라"고 하셨다. 주님이 갚아주신다고…. 내가 노력하고 힘겹게 행하는 것을 갚아주는 것까지 바라지 않을지라도 알아주기만이라도 했으면…. 1년 전에 우리는 이곳으로 이사를 왔다. 나이가 많아지니 남편과 내가 몸에 이상들이 와서 이곳저곳 병원에 가서 치료를 받아야 할 곳이 많이 생겼다. 아버지가 자주 병원에 가시게 되니 멀리 있는 아들이 직장에 월차를 내어서 자주 왕래 하려니 힘이 들고 이젠 가까이 모셔야 하겠다는 생각으로 이사를 권했다. 딸들은 자기들이 있는 곳으로 오라고 하고 아들과 며느리는 기어코 자기들이 있는 용인으로 와야 한다고 했다. 주위 사람들의 권고도 있고 하여 용인으로 오기로 결정했다. 집을 팔려고 부동산에 가보니 놀랄 정도로 집값이 올라 있었다. 감사하게 생각하고 아이들이 용인의 집을 몇 군데 둘러보고 결정한 곳으로 와보니 평수는 더 큰 것인데 집값은 오히려 더 적었다. 하나님의 크신 은혜로 생각하고 이사를 왔다. 와서 보니 모든 것이 생각보다 더 좋았다. 언제나 부족한 우리를 넘치는 사랑으로 인도하시는 하나님의 그 크신 은혜를 생각하며 갚을 길은 없을까? 고민하던 중 우리 내외는 함께 계획을 세웠다.

이 집을 주택연금에 가입하여 우리 생활비와 병원비에도 조금 보태고 나머지는 어려운 형편에 있는 사람들을 돕자. 그래서 힘겹게 목회하시는 몇 분과 선교사님들, 유엔 난민, 월드 비전, 기독교 방송 등의 여러 군데를 선정하고 조금씩 돕기로 했다. 액수가 적던 많던 관계없이 우리 힘으로 조금이라도 도울 수 있다는 것이 너무나 기뻤다. 주택연금이란 것은 우리 집을 담보로 하여 살아 있는 동안에 은행에다 빚을 얻어 쓰는 것이다. 아이들에게 유산 한푼 없이 우리가 다 쓰고 가는 것이다. 아이들이 섭섭해하지 않을까 싶어 그들에게 의견을 물었더니 "엄마 아버지가 일생 동안 애쓰셔서 겨우 집 한 채 얻은 것인데 엄마 아버지 뜻대로 쓰시는 것이 옳은 것이지요"하고 대답해 주었다. 그 아이들의 생각이 얼마나 감사한지….

그런데 정작 우리가 애써 선정하고 후원해 주는 사람들께서는 일언반구의 인사도 없다. 반년이 훌쩍 지났는데도…. 인간인 고로 고맙다 인사 한마디라도 해 주었으면 좀 덜 섭섭할까? 가는 정이 있으면 오는 정도 있어야 하는데. 오른손이 하는 것을 왼손이 모르게 하라는 성경 말씀이 있는데 굳이 인사를 받고 싶어 하는 것은 아니다. 다만 자신이 하는 일에 게으르거나 나태하지 않기 위해서는 인사 한마디로 인해 책임감 비슷한 것을 느끼게 되지 않을까? 그러면 달리는 말에 채찍질 하나로 더 잘 달리듯이 좀 더 열심을 내어 더 좋은 일을 하게 되지 않을까? 이 모든 것이, 어쩌면 구차한 변명이 될지도 모르겠다. 다만 나는 모든 사람이 받는 것에 대한 감사, 베풀 수 있는 것은 더 감사로 온 세상이 감사의 삶과 더불어 평화를 이루기를 바랄 뿐이다. 그러면 안 될까?

사랑의 속성

아주 오랜 옛날 지금부터 약 70년 전쯤 내가 10살짜리 초등학교 4학년이었을 때 그때 이름으로 경산 북부국민학교는 조그마한 시골 마을 학교였었다.

1학년에서 6학년까지 모두 10학급으로 전교생의 숫자는 약 400명 되었을까? 교장 선생님을 포함한 11명의 선생님이 계셨던 것같다. 그중의 몇몇 선생님들의 이름은 아직도 기억이 난다. 거의 대부분이 이미 돌아가셨을 것이기 때문에 여기 한번 기록해 보려고 한다.

이창덕 교장 선생님, 이몽고 교감 선생님, 지재수 선생님, 서영복 선생님, 김덕준 선생님, 정오열 선생님, 정인순 선생님, 노처녀 김경자 선생님, 시집 가느라고 사표를 내시고 떠나가시면서 나를 붙잡고 우셨던 이경진 선생님, 시골 아저씨 냄새가 언제나 풍겨서 다정다감했던 송진화 선생님 등….

그러나 그때 가장 철없던 우리의 관심을 끌었던 사람은 이 선생님들이 아닌 학교에서 선생님들의 잔심부름을 하던 급사 R 학생이었다.

그는 나보다 4살쯤 위였고 나보다 한 학년 위였던 5학년 학생이었는데, 나는 그 당시 우리 학년에서 가장 어린 소녀였고 그는 그 학년에서 가장 나이 많은 학생이었다.

그는 너무 가난하고 어려운 가정 형편으로 학비를 면제 받고 학교에서 급사를 하면서 공부를 했다. 훤칠한 키에 잘생긴 인물과 이야기는 또 얼마나 잘했으며 그림도 너무나 잘 그려서 그림 잘 그리고 음악 잘 가르쳤던 서영복 선생님과 총각 선생님이자 마음 좋았고 다정다감했던 김덕준 선생님과는 형제처럼 친하게 지내던 학생이었다.

그 당시 4, 5학년 여학생들은 모두 그를 좋아했고 가장 어렸던 나도 그를 좋아했었다.

그것이 이성으로서 내가 최초로 좋아했던 사람이었을까? 내 친구 중에 S란 여자아이가 있었다. 나보다 한 살 위였고 여성스럽고 예쁘게 생겼으며 춤도 잘 추었다. 나는 노래를 잘 불렀고 남성적이며 공부도 잘했지만, 그 애는 공부는 좀 못했지만 조용하고 예뻤고 가정도 어려웠고 엄마가 계모여서 언니에게 극진한 사랑을 받던 막내였고, 나는 7남매 중의 넷째 딸로 그때 우리 집은 번창해서 동네에서 부자라고 소문이 났었다. S는 담임 서영복 선생님이 많이 귀여워하셨고 그 선생님과 친했던 R도 그 친구를 많이 예뻐하였다.

어느 날, R은 친구와 나에게 책 한 권씩 선물했었다. 나에게는 '왕자와 거지'라는 동화책을, 친구 에게는 '원한의 복수'라는 소설책을 선물했었다. 작가가 누구 인지는 기억도 없지만, 그때 나는 가슴을 콩닥 이며 최초로 받은 선물 책을 읽었고 그 후에 친구와 서로 책을 바꾸어 읽었다. 친구의 책과 내 책은 무언가 모를 다른 점이 있었던 것 같았다.

그 후 세월이 지나서 우리는 졸업을 하고 나는 그 당시 일류 중학교였던 대구 제일 여자 중학교에 시험 쳐서 합격했고 친구는 진학을 못 하고 어느 양재학원에 다닌다고 했다. R은 검정고시를 쳐서 모 공업 고등학교에 입학하여 그 학교에서 명예를 날려 학생회장까지 하고 어떤 여성을 좋아하여 그 여성과 결혼 하여 딸 하나까지 얻고 읍 사무소에 취직하여 근무하다가, 어느 날 밤 숙직하던 중 연탄가스 중독으로 죽고 말았다. 참으로 안타까운 소식이었다.

왜? 내가 이렇게 그 어릴 때의 기억을 돌이켜 보고 있는가? 이미 가 버린 그 사람들…. 아직도 살아남은 그 사람들도 나처럼 이렇게 옛날을 기억하고 있을까?

한 인간의 역사는 그가 어떤 모습으로 살았든 간에 하나의 이야깃거리로 남는다. R은 죽었지만, 그가 나에게 관심이 있었던 없었든 간에 나의 생애에서 최초로 가슴을 콩닥이며 바라보았던 이성에 대한 미묘한 감정은 지금도 그 모양을 그릴 수 있을 것 같다.

그때 시절 문화의 혜택이라고는 라디오도 없던 시절에 내 감정이 그러했다면, 오늘날 눈에 보이는 것 귀에 들리는 것이 남녀 간의 애정 문제가 포화상태로 우리 주변에 늘려있는 이 시대에 사는 우리 자녀들의 감정 형태는 어떤 것일까? 물론 사랑에 대한 감정의 발로가 시대에 따라 환경에 따라 그 표현의 방법이 달라질지는 몰라도 마음에서 사랑의 싹이 튼다는 것은 자연의 이치이고 또 아름다운 것이다. 그것이 '아가페'이던 '필래오'이던 '에

로스' 이든 간에 사랑의 감정을 갖는다는 것은 아름다운 것이리라 생각한다.

인간은 결국 이 사랑을 찾고 찾아서 한평생을 살아가는 것이 아닐까?

사랑이 아름다운 것일지라도 사랑 때문에 사람을 죽이고 사랑을 위하여 못된 일을 감행 한다면 그것은 사랑이 아닐 것이다. 사랑이라는 가면의 껍질을 쓰고 욕심의 지시를 따라 행동하는 악마의 노예일 것이다. 나는 그래서 이 시대를 바라보면 겁이 난다. 진실한 사랑의 가치를 알며 그것을 실행하는 사람이 과연 얼마나 될까? 어린 시절부터 세월을 살아가면서 여러 번 순수한 애정에서 연정으로 또, 피붙이의 사랑으로 탈바꿈하며 이제는 '아가페'로 서서히 성숙되어가는 자신의 내면을 관찰하면서 후배에게 자녀들에게 이것을 강조하고 싶다. 사랑에 대한 너무 격렬한 시행착오를 격지 말라고. 물 흐르듯이 서서히 변화되어가는 감정의 흐름에 순종하며 살자고. 너나없이 모든 마음에 생성되고 또 자리 잡고 있는 사랑의 속성을 바르게 이해하고 바르게 이끌어 간다면 이 사회가 조금은 더 아름다워지지 않을까?

한 인생을 평화롭게 살아가는 비결이 아닐까…?

플라타너스^{platanus}

요즈음 나는 플라타너스의 매력에 흠뻑 빠져 있다.

새벽마다 걸어가며 바라보는 힘찬 가로수 플라타너스, 어쩌면 나의 성격과 많이 닮은 듯한 그 플라타너스가 볼 때마다 내 마음을 시원케 한다.

1910년경 미국에서 들여온 수입 나무로 가로수를 위해 태어난 나무라고 해도 과언이 아닌 이 나무는 기원전 5C 경 그리스에서 가로수로 심었다고 한다.

공해에 강해 매연이 심한 곳에도 잘 자라고 넓은 잎은 시끄러운 소리를 줄여주는 방음 나무의 역할도 하고 한여름 따가운 햇볕도 가려 주면서 오염된 공기를 정화하는 능력이 뛰어나서, 지금은 영국 런던 같은 대도시의 가로수로도 빠지지 않는다고 한다.

공식적인 우리 이름은 버즘나무, 가난했던 개화기 시절 어린아이들은 머리를 빡빡 깎고 다녔다. 그런데 영양이 부족하면 흔히 마른버짐이 얼룩덜룩 생기는 경우가 흔했다.

플라타너스의 껍질은 갈색으로 갈라져 큼지막한 비늘처럼 떨어지고 떨어진 자국은 회갈색으로 남아서 마치 버짐을 보는 듯했다. 아름다운 나무에 지저분한 피부병을 상징하는 이름을 붙였느냐고 불평하는 사람들이 많다 했다.

그래서 차라리 영어 이름인 플라타너스를 그대로 쓰자는 의견도 많다 한다. 북한에서는 낙엽진 겨울에 기다란 끈에 방울처럼 대롱대롱 매달려 있는 특징을 살려 방울나무란 아름다운 이름을 붙였다고 한다.

아름드리로 자라는 나무이므로 관리의 편의를 위해 늦겨울에는 몽둥이를 세워놓은 것처럼 일정한 높이로 잘라 버린다. 그래서 겨울의 이 나무는 삭막하고 섬뜩한 느낌마저 들게 한다.

그러나 경부고속도로 청주IC에서 청주 시내로 들어가는 국도에는 가지를 잘라내지 않은 플라타너스 터널을 만들어 놓아 여름 내내 시원함을 더하고 있다 한다.

왠지 모르지만 나는 이 플라타너스를 좋아하게 되었다. 겨울이 되면 벌거벗은 가난한 몸통만 남은 것이 이른 봄이 되면 싹이 나는 듯 마는 듯하더니 눈 깜짝할 사이에 연초록색으로 옷 입다가 또 눈 깜짝 사이에 무성한 가지가 짙은 초록색의 싱그러운 옷을 입고 눈앞에 우뚝 서 있는 모습, 그 경이로움이 마치 군복을 입은 건장한 우리나라 국군 아저씨들 같아 한층 더 사랑이 간다.

가을이 오면 그는 어쩔 수 없이 황혼이 깃든 인생의 머리카락처럼 갈색 옷으로 갈아입다가 늦은 가을에서 겨울이 오면 한잎 두잎 맥없이 떨어져 길 가는 인생군들의 발 앞에서 갈색 덧버선으로 변한다. 세찬 바람이 부는 어느 날 그의 낙엽은 어쩌면 그렇게도 애처러운 소리를 내면서 바람에 끌려가는지….

여기 현대사의 격동기에 살았던 서정시인 김현승¹⁹¹³⁻¹⁹⁷⁵씨의 시

〈플라타너스〉를 소개한다.

꿈을 아느냐? 네게 물으면, /플라타너스
너의 머리는 어느덧 파아란 하늘에 젖어있다.

너는 사모할 줄을 모르나,
플라타너스, /너는 내게 있는 것으로 그늘을 늘인다.

먼 길에 올제, /홀로 되어 외로울 제,
플라타너스, /너는 그 길을 나와 같이 걸었다.

이제 너의 뿌리 깊이 /영혼을 불어넣고 가도 좋으련만,
플라타너스, /나는 너와 함께 신이 아니다.

수고로운 우리의 길이 다 하는 어느날, /플라타너스,
너를 맞아줄 검은 흙이 먼 곳에 따로이 있느냐?
나는 오직 너를 지켜 네 이웃이 되고 싶을뿐,
그곳은 아름다운 별과 나의 사랑하는 창이 열린 길이다.

뿌리

무릇 이 세상에 존재한 모든 만물은 다 뿌리가 있다고 보아야겠다. 길가에 굴러다니는 돌멩이 하나까지도 그것이 비록 무생물일지라도 그를 그 모양으로 만들어 준 그 무엇이 있었을 것이 아닌가?

'뿌리'라는 단어가 나오면 우리는 가장 먼저 나무뿌리를 생각하게 된다. 뿌리가 깊은 나무일수록 그 잎이 더욱 무성하고 청청하여 그와 더불어 사는 사람을 비롯한 모든 생물에게 많은 것을 공급해 준다. 산소를 공급해 줄 뿐 아니라 여름엔 두꺼운 그늘을 만들어 주고 가을엔 아름다운 열매를 준다. 온갖 새들이 그 나무에 깃들이며 둥지를 만들고 새끼를 키우게 해 주는 등….

뿌리는 또한 동물들과 인생 에게도 있다. 우리 마을에서 조금만 가면 뿌리 공원이란 곳이 있다. 거기는 우리나라의 성씨에 해당하는 모든 성씨들이 있다. 정말 지금까지 한번도 들어 보지 못한 성씨들도 있었다. 자기 조상의 뿌리를 찾기 위해 거기에 성씨 집성촌을 만들었을까?

하지만 이 시대 나라마다 핵폭탄을 만들고 무서운 전쟁을 준비, 지구 곳곳이 지진과 홍수와 온갖 재난들이 눈만 뜨면 들려오는 이 삭막하고 고통스러운 시대…. 인간이 만든 최신식 기계들 때문에 일자리는 없어져 가고 인성은 표현할 수 없을 만큼 각박해져 가는 이 현실에서 내가 어떤 가문의 뿌리에서 태어났다는 것, 이 무엇이 그리 소중할까?

따지고 보면 모든 만물의 뿌리는 조물주 그분이니 그분이 만물을 창조할 때 그가 만든 그 법칙을 오늘날 질서 있게 유지하여 왔더라면 이 세상이 이렇게 종말을 향하여 달음질하지 않았을지 모른다. 에덴의 동산에서 아담과 하와가 불순종의 죄를 범치 않았더라면 이 세상이 그 어떤 모습으로 지상낙원을 이루어 갔을지 우리로서는 상상을 할 수 없다.

안타깝게도 우리는 인류의 뿌리인 첫 사람 아담으로 인해 온 세상이 욕심과 죄악의 색깔 속에서 허우적거리게 되었다.

그러므로 우리가 오늘날 이 어둡고 위험한 세상의 터널에서 빠져나오기를 바란다면, 돌이켜 모든 잘못된 생각과 행동들을 버리고 우리의 진정한 뿌리인 창조자의 앞으로 나아가 회개하고 그의 창조 질서를 회복하며 겸손히 살아가야 할 것이다.

갈망

무엇을 향한 갈망인가?

육신의 기능이 자꾸만 떨어져 간다. 눈이 어두워지더니 귀도 약간 어두운 것 같고 식욕도 많이 떨어지고 걸음을 걷는 것도 전에는 그렇게 활발했는데 지금은 많이 둔하여지고 허리도 아프고 발의 상태도 그렇게 좋진 못하다. 비단 나뿐만 아니라 늙어가는 많은 사람이 다 함께 한탄하고 있는 현실이다. 나는 절대 그렇지 않으리라고 생각했던 그것은 얼마나 큰 망상이었던가?

그러나 한가지 낙심하지 않을 것은 나는 아직도 건강하다고 생각하는 이 낙천적인 마음이 주어진 것 이것은 하늘나라로부터 받은 소망과 위로이다. 이 땅에 살아있는 모든 사람에게 꼭 같이 주어진 혜택이지만 깨닫지 못한 자에게는 전혀 없는 것이고 우리 깨닫고 믿는 자 에게는 무궁무진한 축복이다.

그 소망이 무엇인가? 땅에서의 이 잠깐의 괴로움은 아무것도 아니라는 것….

영원히 건강하고 아름답게 살 수 있는 저 천국에 대한 소망은 늙음에서 오는 이 나약함이 천국을 향한 내 발걸음이 한 발짝 더 가까웠다는 것으로 오히려 더 기뻐해야 한다는 것…. 이 못난 내가 어떻게 이와 같은 축복의 자리에 뽑힘을 받았을까? 생각할수록 고맙고 감격할 따름이다.

받았은즉 이제 절대로 잃어버리지 않고 이웃에게 나누어 주자. 어떤 방법으로? 이것이 가장 큰 고민이요 문제점이다. "지혜를 주시옵소서!"

어떤 모임에서 남의 말을 많이 하는 사람들을 만났다. 처음부터 끝까지 오직 남의 일에 관심을 갖이고 목에 힘을 주어 말하는 사람들. 내 귀한 목소리로 주님을 찬양하기만도 힘이 드는데 아무 쓸데 없는 과거사 이야기를 그것도 남의 이야기를 저렇게 목에 핏대를 세우며 흥미진진하게 할 수 있을까? 성경에는 남을 판단치 말라, 헤아리지 말라 했는데…. 좀 더 형이상학적 삶을 살았으면 좋겠다 싶었다.

황금보다 더 귀한 시간은 잠시도 쉬지 않고 째깍째깍 흘러가서 나의 남은 세월의 길이를 좁혀 간다. 한없이 주고 베풀고 사랑하여도 부족한 것밖에 없건만 마음은 원하면서 행동은 반대의 길을 걸어간다. 사랑하리라 결심하면서 한 걸음을 가면 어느 사이 미워하면서 두 걸음을 간다. 결심하고 애를 써도 안된다. 내 힘으로는…. "의인은 오직 믿음으로 살리라." 그가 비록 의인 일지라도 믿음이 없이는 못 사는 것, 하물며 나같이 못된 인간이 내 힘으로 사랑해 보겠다고? 주님 앞에 두 손을 들어야 한다. 내 속에 있는 교만과 욕심을 송두리째 뽑아 내야 한다. 주님을 향한 확실한 지식과 강력한 신뢰. 이것이 내 속에 거짓 없이 자리 잡아야 한다. 지난날의 낡은 나의 모든 가치관, 지식, 공명심, 자존심, 온갖 것을 향한 모든 욕망을 다 내던져 버리고 주님의 성품과 인격을, 또 그의 사랑을 나의 홈그라운드로 삼고 그 속에 주님의 교훈만을 생명줄로 붙잡고 앞으로 전진하며 살아가야 한다. 그리고 실천하며 감사하며 살아가야 한다.

'주님! 이것이 저의 갈망입니다. 제가 이룰 수 있도록 제발 제발 도와주소서….'

나는 목사의 아내였다

먼먼 옛날 내가 대학 초년생이었을 때 모 철학 교수님이 우리 모두에게 자신의 인생관에 대해 쓰라고 리포트를 내어 주었습니다.

나는 그때 나는 큰 나무가 되고 싶다고, 내 나무에 온갖 새들이 깃들이고 그 나무 그늘 아래 많은 사람들이 쉼을 얻을 수 있는 그런 나무가 되고 싶다고 써서 내었습니다.

그 교수님은 내게 "엑설런트"라는 점수를 주었습니다. 그 후 세월은 눈 깜짝할 사이에 흘러가고 어처구니없는 어떤 억울한 사건으로 인하여 내가 꿈꾸었던 대학 교수는커녕 대학 4년 졸업도 못한 채 모든 것을 포기하고 가난한 전도사에게 시집을 갔습니다.

그 당시 전도사, 신학생은 사회가 알아주고 높이 평가해주는 그런 위치가 아니었습니다. 그럼에도 나는 잘 이해 하지도 못했던 목회자의 삶 속으로 내 몸을 던졌습니다.

그것이 최선인줄 알고 주위의 반대도 무릅쓰고 고집을 부리며 행했습니다. 나의 믿음이 부족했던 탓이었을까? 기대했던 만큼의 행복은 없었고 오히려 그 가난하고 긴장하며 살았던 생활에 적응하느라고 적지 않은 고난을 겪었습니다.

그 후 수십 년의 세월 동안 세상 사람들과 똑같이 아이들 낳고 기르고 그리 넉넉지 못한 생활에 시달리며 세상 사람들과 똑같은 인생의 과정을 겪으며 웃음과 울음의 복합된 삶 속에 푹 빠져서 살아왔지요. 그랬지만 그 모든 것을 통하여 알게 모르게 나의 믿음이 조금씩이나마 성장했음을 느낌은 사회생활보다는 엄격한 목회자의 생활 속에서 하나의 의무감처럼 쌓이는 신앙생활의 앙금이랄까요? 나쁜 앙금이 아니라 좋은 앙금 말입니다. 그 앙금의 덕으로 인해 사회의 온갖 부도덕과 추한 것들이 토하고 싶을 만큼 거부감을 가져오게 했습니다.

온갖 흙탕물 같은 그 세상에 발을 들여놓고 싶지 않은 것입니다. 물론 모든 세상이 다 그런 것은 아닙니다만 급속히 발달하는 문화 속에 매스컴을 통해 들려오는 참기 어려운 소식들…. 귀를 막고 눈을 감고 살 수 없는 현실 속에서 얼마나 깨끗하고 맑은 물이 그리운지….

나는 정말 깊은 감사를 느낍니다. 내가 이 청빈한 목회자의 삶, 신앙생활이란 깨끗한 물속에서 살 수 있다는 것을! 내가 그 가난한 목회자에게 시집간 것이 후일 비록 교수가 되진 못했지만, 마음으로부터 감사를 느낄 수 있는 이 맑은 물속에서 살 수 있게 된 것을….

김기중(남편: 목사, 목회학 박사)의 고희기념

↑ 제1회 개인전(삼성갤러리, 1999.3.8-13)
↑↑ 제2회 개인전(대전시민회관, 2000.12.1-5)

기독미술관 개관기념 초대3003)

솔로몬대 석사학위 수여식

아들 김종훈의 공학박사 학위 취득기념

↑ 아들 김종훈의 공학박사 학위 취득기념
↑↑ 손자 (큰 딸의 아들들)

칼빈무덤 앞에서: 제네바

↑ 성지순례: 요르단의 무너진 성터
  → 러시아여행: 성 바실래성당

단기선교: 탄자니아

열애

작사 김순자
작곡 김순자

金順子